Dödel - City 1.0

Für meine Jungs

René Keßler

Dödel - City 1.0

Bibliografische Information der Deutschen Nationalbibliothek:
Die Deutsche Nationalbibliothek verzeichnet diese Publikation in der Deutschen Nationalbibliografie; detaillierte bibliografische Daten sind im Internet über http://dnb.dnb.de abrufbar.

TWENTYSIX – Der Self-Publishing-Verlag
Eine Kooperation zwischen der Verlagsgruppe Random House und BoD –
 Books on Demand

© 2017 René Keßler

1. Auflage
Herstellung und Verlag:
BoD – Books on Demand, Norderstedt

ISBN: 978-3-7407-3320-9

Vorwort

Dies ist die Geschichte von Horst und Tsuden. Beide sind aufgewachsen in der Stadt. Beide sind dort wieder gestrandet. In jenem Gemeinwesen, dass schwer beladen ist von den Versäumnissen und Fehlern der Vergangenheit. Beide versuchen ihr Leben zu meistern, mit fraglichem Erfolg. Dabei müssen sie schnell einsehen, dass in der Stadt für sie eigentlich kein Platz mehr ist. Sie sind eher eine Last. Und so pendeln sie dahin zwischen Arbeitsagentur und Langeweile, immer im gleichen Trott. Vergessen in einer Gesellschaft, die bestimmt ist von hektischem Tun, Augen- und Smartphonewischerei und ubiquitärer Eintönigkeit.

Dies ist auch die jüngere Geschichte einer Stadt irgendwo in Ostdeutschland. Eine Stadt, die von unfähigen Politikern und korrupten Treuhändern zugrunde gewirtschaftet wurde. Die einst zu den reichsten im Land zählte und nun völlig pleite ist. Eine Stadt, die sich selbst blendet, die merkwürdige Menschen anzieht und wo minderes Niveau salonfähig ist. Wo viel schwadroniert und gelabert und wenig angepackt wird. Wo man sich in fast erbarmungswürdiger Hilflosigkeit zu immer neuen obskuren Phantasien hinreißen lässt, die, gleich einem Tropfen Wasser auf der heißen Herdplatte, erst ein wenig herumtänzeln, um dann recht schnell zu verdampfen. Es ist eine Stadt, wie es viele gibt hierzulande. Die in der großen Politik nur Beachtung findet, wenn es mal wieder gilt, eine Wahl zu gewinnen.

Alle Personen und Handlungen sind frei erfunden, auch wenn durchaus Parallelen zu tatsächlichen Begebenheiten existieren sollten.

Dr. René Keßler

Zur Geschichte der Stadt

Kurz vor der ersten Jahrtausendwende nach christlichem Kalendarium soll die Stadt, besser die Gegend um sie herum, erwähnt worden sein. Ein Kaiser hat aus heute unerfindlichem Grund das Gebiet seiner Schwester geschenkt. Wie er damals jedoch wusste, wo sich dieser Landstrich tatsächlich befand, bleibt sein Geheimnis und das der Historiker. Schließlich gab es zu dieser Zeit noch keinerlei Landkarten.

Im 13. Jahrhundert ist angeblich ein Stadtrecht nachweisbar. Nach der Stadtgründung waren die Bürger dann offenbar so sehr mit sich selbst beschäftigt, dass über zweihundert Jahre erst mal rein gar nichts passierte - zumindest ist nichts überliefert. Dann soll die Stadt Schauplatz in einem Krieg zwischen zwei Brüdern gewesen sein. Eine genauso hübsche wie erfundene Geschichte. Die nächsten hundert Jahre war wieder nichts Besonderes los, bis gleich einem Phoenix aus der Asche ein Herr der Stadt auftauchte, Schulen stiftete, Handwerk und Handel förderte, ja sogar mit großen Komponisten in Verbindung stand. Und obwohl zur gleichen Zeit der Dreißigjährige Krieg in den deutschen Landen tobte, hatte man scheinbar genügend Geld, um ihm ein Begräbnis zuteilwerden zu lassen, was einem König gut zu Gesicht gestanden hätte. Von seinen Nachfolgern wiederum ist in den weiteren Jahren nichts Spektakuläres zu berichten. Zwei Stadtbrände sind noch verbürgt und diverse Besucher.

Im ausgehenden 19. Jahrhundert nahm die Stadt, wie viele damals, einen gewaltigen industriellen Aufschwung. Bis zum Ende der DDR-Zeit standen abertausende Arbeiter und Angestellte bei den großen Betrieben in der Stadt in Lohn und Brot. Dummerweise hat man es zu diesen reichen Zeiten versäumt, der Stadt ein Profil zu geben, was über Webstuhl und Presslufthammer hinausreicht. Zum Beispiel wäre eine Hochschule ein wahrer Segen für die Stadt gewesen. Aber mit der Bildung hatte man es hier schon immer nicht sonderlich. Dafür eher mit Trinken und Essen.

Dann kam die von nicht Wenigen so herbeigesehnte Wende. D-Mark inklusive. Die Ersten, die die bundesdeutsche Fahne in der Stadt gehisst hatten, waren auch die Ersten, die arbeitslos wurden - für lange Zeit oder für immer. Binnen Tagen und Wochen wurden die Betriebe reihenweise dicht gemacht, tausende Menschen auf die Straße gesetzt und das Ganze seitens der Verantwortlichen als Erfolg der Wiedervereinigung gefeiert. Von diesem Exzess politischer Verantwortungslosigkeit hat sich die Stadt in einem Vierteljahrhundert nie wieder erholt. Bis heute.

Episode 1 – Begegnung

Sie haben sich an einem jener tristen Novemberabende kennengelernt, an denen man lieber aus dem Fenster springt, als auch nur einen Moment an Frohsinn zu denken. Horst, der arbeitslose Bergmann, und Tsuden, die Teilzeitkellnerin. Mitten im tristen Grau wabernder Nebel, die die ohnehin nicht freundliche Straße noch unheimlicher erscheinen ließen, sind übereinander hergefallen - wörtlich genommen. Sie trat gerade in dem Moment rücklings aus der Tür, bemüht mit ihrer rosafarbenen Jacke unter keinen Umständen die klebrige Hauswand zu berühren, als er, nur einige Sekunden unaufmerksam, einen Schritt nach hinten machte. Und urplötzlich lag sie auf ihm. Im wahrsten Sinne des Wortes.

Tsuden - diesen exotischen Namen verdankt sie ihrer Mutter, der deutsch-sowjetischen Freundschaft in der DDR und einer heftigen Zeit an der Erdgastrasse irgendwo in der russischen Steppe - damals in den Siebzigern. Als die Kragenenden noch weit über die Schultern ragten und Poster von ABBA oder den Bay City Rollers aus keinem Jugendzimmer wegzudenken waren. Tsuden - das bedeutet "zarte Blüte" in irgendeiner dieser asiatischen Regionalsprachen, ihre Mutter hat es ihr vor vielen Jahren einmal erklärt - sie hat es vergessen. Immer wenn sie sich unter Stöhnen in ihre Lieblingsjeans manövriert, muss sie an diese Übersetzung denken. Dann lächelt sie süßsauer und denkt an die Zeit zurück, als der Name noch zutraf und ihre Figur auf jeder Jugendtanzveranstaltung für Aufsehen und so manche Spontanerektion bei den Junghengsten sorgte. Sie war jetzt neunundvierzig Jahre - ein Alter, in dem Frauen ihres Schlages nicht mehr wählerisch sein dürfen wenn es um Paarung ging.

Nein, nicht dass sie keine Chancen gehabt hätte, damals als Jungfacharbeiterin für Elektronik in der Stadt, wo sich ihre Mutter berufsbedingt niedergelassen hatte. Sie war beliebt, hatte schon als Backfisch einen Hauch von Verruchtheit und brauchte sich demzufolge über fehlende Avancen nicht zu beklagen. Kurz nachdem sich ihr Vater in seinem Betrieb einer blonden Volontärin zuwandte und eines Abends nicht mehr nach Hause kam, tröstete sich ihre Mutter recht rasch mit einem Fünfzigjährigen, dessen Bauchumfang vom Umfang seines Bankkontos noch übertroffen wurde. Es läuft ihr heute noch eisig den Rücken herunter, wenn sie sich an die plumpen Hände dieses Mannes erinnert, die, gleich unförmigen Würsten fett und glänzend viel zu oft ihren Kopf und ihre Hüften betatschten, während ihre Mutter wegsah. Kein Wunder, dass sie mit sechzehn von zu Hause fortlief und sich mit wechselnden Partnern, nicht wenige doppelt so alt wie sie, einen mehr oder minder großen Lebensabschnitt teilte. Dank eines drahtigen Holländers, der jedes Jahr zweimal im Interhotel der Stadt logierte, um an einer nahegelegenen Messe Geschäfte zu machen und der eine Schwäche für schlanke Siebzehnjährige hatte, erwarb sie sich Westgeld und somit ein klein wenig von diesem Zustand, welchen nicht wenige als Freiheit bezeichneten. Damals im Ostteil eines zerrissenen Landes. Es machte ihr nichts aus, mit ihm ins Bett zu gehen, während vom Nachttisch her eine sehr blonde Frau mit rosigen Wangen und zwei ebenso blonde Kinder goldgerahmt herüber lächelten. Und in Erwartung devisenglänzender Belohnung ließ sie Dinge zu, die ihr noch heute die Schamesröte in Gesicht treiben. Aber die neidischen Blicke der Freundinnen bei der nächsten Disco, wenn sie die neueste Westmode auftrug und nach Intershop riechend den Kerlen den Kopf verdrehte, ließ dies alles damals in einem anderen Licht erscheinen.

An ihre erste Ehe mit Volker erinnerte sie sich kaum noch. Nur manchmal, wenn sie kellnerte, erkannte sie ihn in den glasiggeilen Blicken manches Gastes wieder, wenn er frühmorgens von seiner Sauftour zurückkam, stinkend und manchmal noch die Spuren billigen Lippenstiftes am Hemd. Volker war ihr Arbeitskollege, sah passabel aus und hatte ein Anwesen von seiner Tante geerbt, welches für damalige Verhältnisse geradezu fürstlich zu nennen war. Sein Einkommen nebst Schwarzarbeit versprach ihr Sicherheit und so dauerte es gerade mal ein Jahr, bis Sven-Eric zur Welt kam. Krampfhaft versuchte sie die immer ausschweifenderen Eskapaden ihres Mannes zu verdrängen, bis zu dem Tag, als sie ihn mit Heidrun, der Tippse vom Abteilungsleiter in ihrem eigenen Wohnwagen erwischte. In einer Situation, die über beider Absichten keine Zweifel zuließ. Das Maß war voll, für Beide. Volker reichte die Scheidung ein, sie gab das Kind zu ihrer Mutter, die inzwischen auf zwei weitere gescheiterte Beziehungen und eine Entziehungskur zurückblicken konnte.

Die erste Gelegenheit ergreifend wechselte sie 1989 über Ungarn in den Westen. Nach Füssen ins Allgäu. Das einzige Mal in ihrem Leben, als sie sich als Heldin fühlen durfte, in der Euphorie der Wende. Sogar das Regionalfernsehen machte ein Interview mit ihr und der Bürgermeister gab Schnaps aus. Ein örtlicher Hotelier, braungebrannt, mit Schnurrbart und Designeranzug, spendierte zusätzlich noch Champagner mit dem Ziel, sie als eine Art Dauergeliebte in einem seiner Hotels zu parken. Nicht der unverständliche Dialekt war daran schuld, auch nicht die oft zotigen Witze der Hotelgäste, allzu bald spürte sie, dass sie einfach nicht hier her gehörte. Und schon gar nicht auf Abruf dieses Schönlings, der nach Bekunden ihrer Kolleginnen nicht nur ein Dutzend Hotels, sondern auch mindestens gleichviele Gespielinnen hatte. Eines Tages, die Sommersaison war fast zu Ende, packte sie ihre Sachen, kündigte ihre Stellung und ihr Fünfzig-Quadratmeter-Appartement, für dessen Miete sie nicht aufkommen musste, solange ihr Chef einen Schlüssel dafür besaß und machte sich auf in die Heimat.

Ihre Mutter hatte sich dank eines Rückenleidens und eines zuvorkommenden Arztes invalidisieren lassen. Sven-Eric, mittlerweile achtzehn Jahre alt, war in der Schule ein kompletter Versager gewesen, jedoch sportlich wie sein Vater. Leider umgab er sich mit den falschen Freunden. Seine erste Jugendstrafe hatte er bereits mit fünfzehn hinter sich. Der Rentner, den er gemeinsam mit zwei seiner Kumpels verprügelt und beraubt hatte, traute sich seit dem nicht mehr aus seiner Wohnung. Mittlerweile lebte Sven-Eric in Berlin. Was er dort so genau machte, wusste niemand. In den seltenen Telefonaten gab er sich zumeist einsilbig, wenn es um seine Arbeit ging.

Zurück in der Heimat umfing Tsuden sofort der Hauch des Wilden Ostens. In ihrer Heimatstadt war in Rekordzeit fast sämtliche Industrie von der Treuhand, die für Manche eine staatlich subventionierte Verbrecherorganisation darstellte, ausradiert worden. Dafür gab es an fast jeder Ecke einen Gebrauchtwagenhandel, einen Supermarkt oder ein als Nachtbar getarntes Bordell. Endlich Freiheit statt Sozialismus! Tsuden, gestählt durch ihre bisherigen Erfahrungen im "Westen", musste oft lächeln, wenn sie in die offenen Münder ihrer Mitbürger beim Betrachten der Auslagen der neu entstandenen Modegeschäfte sah. Und im Manchester-Kapitalismus des Ostens war es keine Seltenheit, einen vormaligen Lagerarbeiter, jetzt angetan mit einem schlechtsitzenden Anzug und geschult in "Trainingscamps", Versicherungen oder Staubsauger verkaufen zu sehen.

Sie suchte sich eine kleine Wohnung an einem sonnigen Südhang im besseren Viertel der Stadt. Dank ihrer Ersparnisse ging es ihr gut und sie blickte ihrer Zukunft optimistisch entgegen. Daran änderte sich auch nichts, als sie ehemalige Arbeitskollegen traf, die ihr Leid klagten, weil sie keine Anstellung mehr fanden. Sie hörte oftmals nur halb hin und dachte bei sich `Wer arbeiten will, bekommt auch Arbeit!´. Auf dem Arbeitsamt der Stadt, welches sich passenderweise nach der Wende zuerst in einer alten Stasi-Zentrale befand, saß sie einem etwa dreiundzwanzigjährigen Sachbearbeiter mit hessischem Dialekt gegenüber, der über seine runden Brillengläser hinwegblickend ihr unmissverständlich klar machte, dass hier in der Stadt für sie kein Job vorhanden war und sie doch eine Umschulung machen solle. Also setzte sie sich nochmal auf die Schulbank und büffelte Zahlenkolonnen, Statistik und Buchhaltung. Nach über einem Jahr lernte sie Gregor kennen, einen etwas behäbigen Schwaben mit monströsem Schnurrbart, der nachts unter einer altmodischen Bartbinde versteckt wurde. Gregor hatte eine Import-Export-Firma. Was er genau machte, wusste sie nicht. Sie zog zu ihm in sein Haus vor den Toren der Stadt. Er wollte, dass sie sich ausschließlich um den Haushalt und die beiden Kinder aus seiner ersten Ehe kümmerte. Anfangs gab es Blumen, teure Reisen und Schmuck, später dann Streit und auch Schläge. Zwei Jahre später standen Gregor vorm Konkurs und sie vor dem Nichts. Mit zwei Koffern und einer albernen pinkfarbenen Hutschachtel verließ sie an einem nasskalten Dezembermorgen das Haus, welches über fast fünf Jahre ihr Heim gewesen war. Sie war froh, dass ihre Mutter die Frage bejahte, ob sie denn mal zwei-drei Wochen bei ihr wohnen könne. Es wurden vierzehn Monate.

Das Arbeitsamt war inzwischen in einen modernen Zweckbau mit wenig einladender grauer Fassade umgezogen. Sie ging immer zu Fuß aufs Amt, wenn sie anfangs noch voller Hoffnungen im elektronischen Stellenangebotssystem nach Arbeit suchte. Sie ging vorbei an den Bänken des kleinen Parks in der Stadtmitte, auf denen sich eine zunehmende Anzahl von Erwachsenen beiderlei Geschlechts bei Büchsenbier und Zigaretten die Zeit vertrieben. Aus dem nahen Gebüsch wehte periodisch ein Hauch von Urinal herüber und der angrenzende Zaun war mit Resten von Erbrochenem verziert. Sie sah die starren Blicke der Männer auf ihre ansehnliche Oberweite gerichtet, hörte die Anspielungen und schämte sich für die Typen, deren Lebensinhalt im Zeittotschlagen bestand.

Angesichts der ständig wiederkehrenden Absagen auf ihre Bewerbungen und der Unfähigkeit des jetzt "Arbeitsagentur" genannten Amtes wich ihr anfänglicher Optimismus bald einer tiefen Depression, die sie mit Alkohol zu betäuben suchte. War es das Erbteil ihrer Mutter, die mittlerweile verstorben war oder das Bewusstsein der Nutzlosigkeit, das ihre Trinkmenge beachtliche Ausmaße angenommen hatte, wenngleich es ihr keiner ansah.

Zum Sozialfall geworden und um fünfzehn Kilogramm Kummerspeck schwerer, fand sie endlich eine Schwarzarbeit in einer

Pommes- und Bierkneipe mit dem Namen "Hardys Ecke" in der großen Plattenbausiedlung Nicht gerade ein Traumberuf, aber immerhin konnte sie dadurch ihre Garderobe bei "Mode für Mollige" ihrem vergrößerten Leibesumfang anpassen und sogar noch etwas sparen. Außerdem hatte ihr Chef gesagt, dass er sie fest anstellen möchte.

Heute war sie gerade beim Friseur. Kerstin, ihre Freundin aus der Lehrzeit, hatte ihr zu einer neuen Frisur geraten. Ihre ewige Kaltwelle, ein Relikt aus alten Discozeiten, wollte nicht mehr so recht zu ihren Pausbacken und Gesichtsfalten passen. Der Friseurladen war der angesagteste der Stadt und dank eines fürstlichen Trinkgeldes, erhalten von einer ziemlich volltrunkenen Alte - Herren Fußballmannschaft, wollte sie sich jetzt aufhübschen lassen. Denn am Wochenende fuhr sie nach Damstadt zu ihrer Cousine. Wegen der Luftveränderung und vor allem der zu erwartenden Männerbekanntschaften. Sie sagte sich, dass es ja mit den Westkerlen gar nicht so übel sei. Die hatten meist etwas Geld und einen relativ sicheren Job. Die Männer im Osten dagegen jammerten nur rum und waren oft arm wie die Kirchenmäuse.

Mit etwas flauem Gefühl sah sie ihre künstliche Lockenpracht auf den Boden fallen, begleitet vom Geschwätz dreier älterer, föhnhaubenbekränzter Damen, die sich im Aufzählen ihrer Krankheiten gegenseitig überboten. Zwei Stunden, in denen sie auch noch das Liebesleben der Friseuse aufgrund deren sprudelnder Gesprächslust detailliert kennenlernen durfte, und hundert Euro später war sie mit ihrem Äußeren einigermaßen zufrieden und checkte im Spiegel mögliche Paarungschancen am Wochenende. Und während sie sich bemühte, beim Verlassen des Ladens nicht die schmutzige Hauswand zu berühren, stieß sie sehr unsanft mit etwas zusammen, das nach Zigarette und Bier roch.

Horst war sechsundfünfzig. Stämmige Figur mit unübersehbarem Bauch. Das buschige Haar, welches er mittelgescheitelt trug und das den Kragen seiner Jeansjacke fast eine Handbreit überdeckte, war das Erbteil seines Vaters, eines strengen und zwanghaften Mannes, der als Steiger einen großen Teil seines Lebens in mehreren hundert Metern Tiefe zugebracht hatte. Seine Mutter, eine stille Frau mit blassblauen Augen, die meist traurig hinter einer horngeränderten Brille hervorschauten, verbrachte ihr Leben damit, im nahegelegenen Textilbetrieb die Stoffballen zu stapeln, drei Jungen groß zu ziehen und ihrem Mann die Schnitten zu schmieren. Horsts angenehmste Erinnerung an seine Kindheit waren die Betriebsferienlager von Vaters Bergbaubetrieb. Dort ging es laut und fröhlich zu - ganz im Gegensatz zu der meist bedrückenden Stille der Vierzimmerwohnung im Neubaugebiet. Er war der älteste der Brüder und es gehörte frühzeitig zu seinen Pflichten, für seine jüngeren Geschwister zu sorgen. Wenn Vater und Mutter von der Schichtarbeit nach Hause kamen, häuften sich Vorwürfe auf sein Haupt, wenn einer der Jüngeren sein Zimmer nicht aufgeräumt hatte oder gar die Schule schwänzte.

Traditionsgemäß begann er mit sechzehn eine Lehre als Hauer. Auch bedenkend, dass die Bergleute, die das strahlende Metall förderten, in vielerlei Hinsicht privilegiert waren. Bevorzugt bei der Vergabe von Autos, Ferienreisen und Wohnungen. Zudem versprach die Unterbringung im Wohnheim nach den Jahren in der Neubauwohnung für Horst das erhoffte Maß an Freiheit.

Nach Abschluss der Lehre und nach achtzehn Monaten Nationale Volksarmee verdiente er viel Geld, leistete sich einen gebrauchten Lada und mehrere Freundinnen. In dieser Zeit lernte er auch Nicole kennen, ein etwas pummeliges Mädchen mit blonden Engelslocken und weißer Haut. Sie arbeitete beim Rat der Stadt und hatte eine Affäre mit einem Pateioberen. Aber davon erfuhr Host erst später. Sie heirateten und bekamen Mandy, eine süße Tochter mit dunklen Augen und zarten Gliedern. Dank Bergmannslohn und guter Beziehungen erwarben sie von einem Rentnerpaar ein

Eigenheim, das sie akribisch ausbauten. Dennoch langweilte sich Nicole im Babyjahr derart, dass sie dem Elektriker, der zum Überprüfen der Sicherungen gekommen war, eindeutige Angebote machte, welche von ihm dankbar angenommen wurden. Etwa zur gleichen Zeit lernte Horst die dunkelhaarige Marlies kennen, die in der Betriebskantine an der Kasse saß. Und so bedurfte es nur noch eines handfesten Ehekrachs, um die Scheidung herbeizuführen. Nicole bekam Mandy, den Lada und die Küche; Horst den alten RFT-Fernseher und die neue gelbe Mixmaschine. Das Haus wurde verkauft. Der Ertrag, nach Abzug der Hypothek bescheiden genug, geteilt. Zu seiner Tochter hatte er seitdem keinen Kontakt mehr. Sie war mittlerweile Mitte zwanzig und lebte irgendwo in Baden. Seine Ex hatte inzwischen den Elektriker geheiratet.

Die Wiedervereinigung führte zur Abwicklung des Bergbaus in der Region. Marlies ging auf der Suche nach Arbeit in den Westen und Horst war das erste Mal in seinem Leben ohne Job und Frau. Die recht großzügige Abfindung für die Bergleute, ausgezahlt in Westgeld, reichte für einen fast neuen Opel und mehrere Dutzend Partys in diversen Etablissements. Während einer von insgesamt fünf Umschulungsmaßnahmen lernte er Sven kennen, einen etwas runtergekommenen Mittvierziger, der sein Arbeitslosengeld mit kleinen Gaunereien, von Hehlerei bis Drogenhandel, aufbesserte. Horst wurde seine rechte Hand. Bei einer etwas amateurhaft geplanten Autoschieberei nach Polen flog die ganze Sache jedoch auf und da auch noch Rauschgift im Spiel war, folgten für Horst fast zwei Jahre Justizvollzug in einer idyllischen sächsischen Kleinstadt.

Wieder draußen führte Horsts erster Weg in seine Stammkneipe, wo er mit seinen alten Kumpels eine Festwoche anlässlich seiner Entlassung feierte. Auf dem Arbeitsamt beschied man ihm, dass für Vorbestrafte die Vermittlungschancen gen null tendierten und so folgte eine mehrjährige Arbeitslosigkeit, unterbrochen von Minijobs in der Brauerei oder etwas Schwarzarbeit bei einem Bauunternehmer. Frauen lernte er kaum kennen. Ging er einmal aus, so scheute er sich, sie anzusprechen und seine Kneipe wurde aus gutem Grund meist von der Weiblichkeit gemieden. So verbrachte er den Großteil seiner Zeit zwischen Fernseher, Tresen und sinnfreien Spaziergängen durch die Stadt.

Er hatte heute gerade seine Hausration an Bier und Jägermeister vertilgt und sich genauso früh wie angetrunken auf den Weg zum Stammtisch gemacht, als plötzlich etwas Dickes, Weiches, in Schweinchenrosa gewandetes auf ihm zu liegen kam. Dieses Etwas grunzte und quiekte kurz, um sich dann lauthals fluchend "Du dumme Sau!" zu erheben. Mit ungeschickten Bewegungen ordnete das Schweinchen seine Sachen und nahm Blickkontakt mit dem sichtlich verstörten Horst auf.

Eine Entschuldigung kam Horst nicht in den Sinn, musste er doch zutiefst betrübt registrieren, dass seine einzige vorzeigbare Hose neben großflächigen Dreckflecken einen Riss davongetragen hatte, welcher sein blasses, stoppeliges Knie unvorteilhaft zutage treten ließ. Seine schon etwas äthanolgetrübten Augen identifizierten das Wesen in Rosa als eine Frau mit beachtlicher Oberweite, die noch von einem ausladenden Hintern, gezwängt in eine Bluejeans, getoppt wurde.

Es war einer jener Augenblicke, wo sich zwei erwachsene Menschen spannungsgeladen gegenüberstehen und ihre erste Reaktion besteht im Austausch kuhäugiger Blicke. Die Hauswand in Horsts Rücken machte eine Flucht unmöglich und wollte er an dem rosa Schweinchen vorbei, so war ein Minimum an Konversation unabdingbar. "Tschuldigung, hab Sie nich gesehn.", worauf das rosa Schweinchen so was wie "Blöder Hund!" grunzte. Als es jedoch realisierte, dass der schönen rosa Jacke durch den Sturz zwei überaus unschöne Löcher eingestanzt wurden, verfinsterte sich das Antlitz noch mehr und die Gesichtsfarbe des Schweinchens deutete einen nahenden Blutsturz an. "Das bezahlste mir!" schrie die Frau, wobei etwas Speichel zwischen ihren Lippen hervorschoss, einer giftsprühenden Natter nicht unähnlich. Horst, des Umgangs mit Frauen fast vollständig entwöhnt, nahm die drohende Haltung seiner Gegenüber mit einem Gemisch aus Verwunderung und Angst auf. "N`türlich, äh ja, die Versicherung, meine ich…äh." Siedend heiß wurde ihm bewusst, dass er überhaupt keine Versicherung dafür besaß. Schweinchens Gesichtszüge glätteten sich etwas, dennoch spritzte unvermindert heftig ein "Ich will Dein Ausweis sehn!" zwischen ihren Zähnen hervor. Es war ihm nicht klar, wie ernst ihr mit diesem Ansinnen war. Erst als er in ihre Augen sah, die zwischen den maskaraschweren Lidern funkelten, wurde ihm die Vehemenz ihrer Forderung bewusst. Zwanzig Kilogramm früher wäre sein Selbstbewusstsein deutlich größer gewesen und er hätte sich von so einer Tussi nicht Vorschriften machen lassen, sondern wäre einfach mit einer anzüglichen Bemerkung seiner Wege gegangen. Stattdessen grabschte er aus seiner Jeansjacke seinen schon etwas mitgenommen wirkenden Ausweis hervor.

Die Stadt I

Eingebettet zwischen sanften grünen Hügeln liegt die Stadt. In längst vergangener Zeit eine der reichsten weit und breit. In der DDR durch die industrielle Konzentration zum proletarischen Schwergewicht gereift und zur Großstadt aufgestiegen, hat sie in den letzten zwanzig Jahren mehr Einwohner verloren als in den beiden Weltkriegen zusammen. Die Industriebrachen, Zeugen vergangener Geltung, sind noch nicht beräumt und so verströmt die Stadt jenen Hauch von Lethargie und Gleichklang, der von Endzeit kündet. Selbst die neuen Straßen und die im Zuge einer Gartenschau angelegten Parks können nicht die Trostlosigkeit überdecken, zumal nicht wenige Straßen fast zur Gänze entvölkert sind. Begegnet man dann den Menschen, so blickt man zumeist in düstere und leere Gesichter, was bei der höchsten Arbeitslosigkeit in der Region nicht sonderlich verwundert. Stil ist hier für die meisten ein Fremdwort. Selbst die wohlhabenderen Bürger scheinen nicht selten in eine Kleidung gewandet zu sein, die der aus dem Malteser-Hilfscontainer gleicht. Und schnappt der Besucher einen Gesprächsfetzen auf, so wird dieser meist von einem gepressten "Sau ey!" begleitet, was hierzulande eine Art Begrüßungsformel darstellt. In den Trinkgemeinschaften, die sich regelmäßig vor Tankstellen und Supermärkten bilden, gehört "Sau ey!" zur gepflegten Konversation.

Es gibt auch ein Theater, welches jedoch nahezu ausschließlich von Senioren frequentiert wird. Die meisten Bewohner der Stadt zeigen sich ungern in der Öffentlichkeit, außer wenn es was zu feiern oder was umsonst gibt. Abendliche Stimmung kommt höchst selten auf, was bei den leeren Kneipen und Bars nicht wunder nimmt. Selbst der Fluss, der sich schaumbekränzt durch die Stadt schraubt, kündet mit unratbedeckten Ufern von allgemeiner Tristesse.

Wie allen Gemeinwesen im Osten wurde auch der Stadt nach der Wende die zweifelhafte Gunst westdeutscher Kommunalpolitiker und ostdeutscher Wendehälse zuteil, bei denen man heute angesichts der sich aufhäufenden Probleme immer noch nicht weiß, ob sie korrupt oder einfach nur zu blöd waren. Oder gar beides. Sie hatten es vermocht, die vormals gut strukturierte Industriestadt in eine Seniorenresidenz mit abgelaufenem Haltbarkeitsdatum zu wandeln. Aber wie heißt es doch so schön – Jedes Gemeinwesen bekommt die Regierung, die es verdient.

Episode 2 – Rechnung

"Wird´s bald!" Horst erschrak und ließ den Ausweis fallen. Mühsam bückte er sich, wobei sein Blick auf die abgelaufenen grauen Stiefeletten der Frau fiel, die schaftseitig eine bedenkliche Spannung aufwiesen. Er gab ihr, halb bückend, das Dokument in die Hand. Für Außenstehende konnte seine Haltung leicht den Eindruck von Unterwürfigkeit erwecken, kniend und mit gesenktem Haupt. Horst war es jedoch egal. Er wollte nur noch weg hier, zudem sich immer mehr Passanten nach dem seltsamen Paar umdrehten. "Könn mer das nich woanners besprechen?" kam es zaghaft aus seinem Mund hervor. Ohne Umschweife packte die Frau Horsts Ärmel und zog ihn in die benachbarte Eisdiele.

Das grelle Licht blendete. Es roch nach Vanille und Kaffee. Auf dem Ecktisch, an den sie sich setzten, zeugten klebrige Ränder von früheren Besuchern. "Ein Wasser bitte." hörte sich Horst auf die Frage der schwarzhaarigen Kellnerin sagen, während das Schweinchen sich mit fahrigen Bewegungen bemühte, eine gewisse Grundordnung in sein Äußeres zu bringen. "Einen Cappuccino." sagte sie. Es klang wie Capuschiio. Horst wollte zu seinem Ausweis greifen, der auf der Tischplatte neben einem ovalen Schokoladenfleck und einem kreisrunden klebrigen Kakaofleck keinen netten Anblick bot. "Nich so fix – erst schreib ich mir Deine Adresse uff!" Horst ließ alle Hoffnungen auf ein schnelles Ende dieser merkwürdigen Begegnung fahren. Er sah, wie die Frau sich in kindlicher Schrift seine Personalien auf den Rand einer Tamponschachtel notierte. "Die Jacke hat fast 400 Euro gekostet!" log sie. In Wirklichkeit war es ein Geschenk ihrer Cousine aus Darmstadt. "Die bezahlste mir!". Sein Einwand, dass die Jacke doch schon älter und getragen sei, wurde mit einem hysterischen "Das spielt überhaupt keene Rolle!" im Keime erstickt. Gesenkten Hauptes ließ er den folgenden, wenig freundlichen Wortschwall über sich ergehen. Das Schweinchen überschüttete ihn mit einer Flut von Nettigkeiten, von denen er fragmentarisch nur die Worte "dummes Arschloch", "blöder Hund" und "besser aufpassen" hörte. Plötzlich wurde es ihm gegenüber still. Er hob den Blick. "Du bekommst dann Post von meinem Rechtseinstand." Ihm fiel ein, dass es eigentlich "Rechtsbeistand" heißen müsste, die ausladenden Handbewegungen seiner Gegenüber ließen jedoch keine Grundsatzdiskussion zu Fragen deutschen Ausdrucks zu. Sie erhob sich. Um ihre Mundwinkel hatten sich kleine grau-braune Ränder gebildet. Folge des "Capuschiios". Und ehe Horst auch nur ein Wort entgegnen konnte, zwängte sich ihr dicker Hintern zwischen den Umsitzenden hindurch in Richtung Ausgang.

Er trank sein Wasser langsam aus, nicht ohne einen Seitenblick auf das Nabelpiercing der Kellnerin zu riskieren, das sich in seiner Augenhöhe vorbeischob. Irgendwie kam ihm das gerade Geschehene nicht real vor. Nur seine zerrissene Hose belehrte ihn eines Besseren.

"Alles zusammen?" Das Nabelpiercing hüpfte neben ihm auf und nieder. "Äh. Nein, ja…zusammen." Horst kramte seine abgeschabte Brieftasche hervor und klaubte mit spitzen Fingern den Betrag zusammen, der ihm eindringlich vom Kassenbon auf dem Tisch entgegen leuchtete. "Stimmt so!" Erst das beglückte Gesicht der schwarzhaarigen Bedienung ließ Horst nachrechnen. Er hatte vor lauter Aufregung fast das Doppelte bezahlt. Seine verbleibende Barschaft überschlagend verließ er das Café und trabte, den Kopf nicht nur wegen des kalten Novemberwindes zwischen die Schultern eingezogen, in Richtung seiner Stammkneipe. "Jetzt brauch ich erst ma nen Schnaps." grummelte er.

Die Stadt II

An ein paar Tagen im Jahr zieht ungewohntes Leben in die Stadt ein. Die jeweiligen Stadtoberen veranstalten dann eines der Feste, die immer ein sehr spezielles Volk anziehen. Aus den Vororten fluten, ausgestattet mit großem Durst, die Beschäftigungslosen in hellen Scharen zu den zahlreichen Tränken auf dem Festplatz. Von den Verweigerern solcher Art von Kultur ob der Mengen des verkonsumierten Alkohols gern als "Trinken für den Frieden" bezeichnet, haben sich diese "Events" dennoch zu einer festen Institution in der Stadt entwickelt, die von vielen trink- und essfreudigen Bürgern jedes Jahr aufs Neue herbeigesehnt wird. Abgehalfterte ehemalige Schlagerstars ersingen sich dort ihr Gnadenbrot, während die Menge in Abhängigkeit vom zeitlichen Fortschritt der Veranstaltung mal laut mal leiser mitgrölt. Kulminationspunkt ist immer ein Feuerwerk. Als Beobachter fühlt man sich dann wie auf der "Titanic". Der Unterschied zwischen der Stadt und dem Ozeanriesen besteht jedoch darin, dass der unfähige Kapitän in den eisigen Fluten des Nordatlantik unterging, während es in der Stadt im nächsten Jahr genauso weitergehen würde.

Nach diesen Festen künden weggeworfene Bierflaschen, umgetretene Verkehrsschilder, ein Scherbenmeer auf den Straßen und ein mehrseitiger Polizeibericht von ausgelassenem Feiern. Bier und Spiele statt Arbeit und Kultur.

Episode 3 – Absage

Zwei weiße Blusen, die tigergescheckte Leggings und das himmelblaue Minikleid lagen übereinandergeworfen auf dem französischen Bett, dazwischen Hosen, der fleischfarbene BH, Doppel D, und die Jeansjacke mit dem strassbesetzten Kragen. Ein roter, schon etwas verblichener Stringtanga, unfreiwillig kunstfertig über die blassblauen Pumps drapiert, vervollständigte das seltsame Stillleben. Tsuden besah sich ihre Habseligkeiten und begann die kunstlederne Reisetasche zu füllen. Die Schweinchenjacke hing frisch gewaschen im Bad über der Heizung. Glücklicherweise hatte sie eine Freundin, die schneidertechnisch begabt war und die heute mittels einiger Kunststiche und zweier tiefroter Herzflecken die Jacke wieder ausgehtauglich gemacht hatte. Morgen ging es nach Darmstadt. Cousine Katrin lebte dort seit über zwei Jahrzehnten, seitdem sie ihrer landwirtschaftlichen Produktionsgenossenschaft im tiefsten Sachsen-Anhalt den Rücken gekehrt hatte. Katrin, schlank und blondiert, vermochte es durch ihre offene, manchmal auch provozierende Art, sich ganz angenehm durchs Leben zu schlagen. Allein männertechnisch hatte sie kein glückliches Händchen. Zwei gescheiterte Ehen und eine noch abzuzahlende Hypothek kündeten von ihrer familiär gescheiterten Vergangenheit. Aber wenigstens hatte sie einen guten Job. Sie arbeitete als Rechtsanwaltsgehilfin in einer großen Kanzlei. Ihr Chef machte zwar manchmal anzügliche Witze, dafür gab es großzügiges Weihnachtsgeld. Tsuden war neidisch. Bei ihrem letzten Besuch landeten Katrin und sie in einer Bar, wo sich alsbald die Männer um sie scharten, genaugenommen um Katrin. Immerhin versuchten einige der Typen, Tsuden in ein Gespräch zu verwickeln und so über sie an ihre Cousine heranzukommen. So wurden diese Abende für Tsuden recht unterhaltsam und ob der spendierten Getränke vor allem billig, wenngleich der erhoffte Geschlechtsverkehr meist ausblieb.

Während sie ihren Kosmetikkoffer packte, kreisten ihre Gedanken um die Aussichten in den nächsten Tagen. Vielleicht begegnete sie dem jungen Kerl vom letzten Mal wieder. Der mit dem Schnauzbart und dem Muskelshirt, welches eine aufregend gut strukturierte Bauchmuskulatur erkennen ließ. Er machte zwar immer spöttische Bemerkungen über Tsudens Oberweite, gab ihr aber großzügig Cocktails aus. Dummerweise mussten sie das letzte Mal recht zeitig aufbrechen, da Katrin nicht viel Alkohol vertrug und noch vor Mitternacht bleich und schwankend von der Toilette kam und so was wie "Lass uns heemgehn." lallte. Diesmal sollte es nicht soweit kommen. Tsuden nahm sich vor, auf das Trinkverhalten ihrer Cousine achtzugeben, damit noch was ging mit dem Muskelshirt.

Im Hausflur stapelte sie die Reisetasche, den schwarzen Kosmetikkoffer, an dessen oberer Kante die Farbe schon abplatzte, und die quietschgelbe Netto-Tüte mit den Pumps. Zufrieden betrachtete sie ihr Werk und ließ sich schwer auf ihren Sessel fallen, dessen Sitzfläche leicht ächzend nachgab. Beim Suchen nach dem Feuerzeug zog sie ein zerknittertes Stück Pappe aus ihrer Hosentasche. In ihrer Schrift, die der eines Drittklässlers ähnelte, war eine Adresse notiert. Ihr fiel die gestrige Begegnung wieder ein. Irgendwie drollig der Typ, dachte sie. Wenn ich aus Darmstadt wieder zurück bin, werde ich ihm dennoch eine gesalzene Rechnung schicken. Sie malte sich gerade die damit verbundenen potenziellen Neuanschaffungen aus, da wurde sie von Madonnas "Give Me All Your Luvin`", ihrem Klingelton, aus ihren Träumen geholt.

"Hallo Tsudi." Katrins Stimme klang belegt. "Du, wir müssen das verschieben." "Was verschieben?" "Na Du kannst morgen nich zu mir kommen. Ich bin nich da." Tsuden spürte Wut in sich aufsteigen. "Was heeßt nich da? Ich hab grad alles gepackt." "Na ich bin halt nich da. Hab was vor. Termine. Mit Roy. Wir woll'n wegfahren." "Wer bitte is'n Roy?" Kurzes Schweigen. "Na der Roy, den hab ich letzte Woche kennengelernt. Der ist ja soooo süß. Arbeitet als Ingenieur bei Siemens." Stolz schwang in Katrins Rede mit. "Der will mit mir übers Wochenende nach Bayern fahren, zu seinen Freunden." "Und wegen dem Dödel lässte mich sitzen?" "Versteh doch bitte, der ist so süß. Ich glaub`, das wird was Festes. Er hat schon gesagt, dass er sich scheiden lassen will." "Och noch `n Verheirateter!" Tsuden rollte die Augen. " Du müsstest doch eigentlich vom Letzten noch genug ham." Sie dachte an die endlosen Telefonate, in denen sich Katrin tränenerstickt über die Männer im Allgemeinen und ihren damaligen Freund, Carlo hieß er, im Speziellen ausließ und Trost erheischte. "Das is jetzt was ganz anderes. Der Roy is so süß. Er bringt mir Blumen und hat mich schon zweimal zum Essen eingeladen." "Und danach hat er Dich gefickt." Tsuden presste das hässliche Wort zwischen ihren Zähnen hervor. Ärgerlich erwiderte ihre Cousine "Na und, hat er eben. Geil war´s außerdem. Bist ja bloß neidisch." "Ich und neidisch, kann sowieso nich verstehen, wie´n Mann auf so´n spindeldürres Ding wie Dich abfahren kann." Tsuden hörte gar nicht mehr auf Katrins Antwort. Zornig drückte sie die rote Telefontaste. Sie wollte heulen. Eigentlich weniger wegen der Absage. Warum bekam Katrin immer jemanden ab und sie nie? Schwermütig gedachte sie der Zeit, als sie noch der heimliche Star jeder Tanzveranstaltung war und die Kerle sich um ihre Aufmerksamkeit rissen. Nach einem kurzen Wutausbruch, dem ihr blassgrüner Glasaschebecher fast zum Opfer fiel, schritt sie entschlossen zum Kühlschrank und genehmigte sich ein großes Glas Sekt. Der war eigentlich als Mitbringsel gedacht, musste jetzt jedoch als Stimmungsaufheller herhalten.

Sie rief ihre Freundin Mandy an. Eine korpulente Enddreißigerin, die in der Ostvorstadt mit ihren drei Kindern und einem grimmigen Bullterrier eine Dreizimmerwohnung teilte. Mandy war Altenpflegerin in einer der zahlreichen Aufbewahranstalten für Senioren in der Stadt. Sie hatte ein hübsches Vollmondgesicht und war meist gut drauf, wenngleich sie immer ein Geruch von altem Schweiß umfing. "Hallo Mandy, Tsuden hier. Haste morgen Abend Zeit? Woll`n mer was trinken gehn?" "Hi Tsudi!" Mandys Fröhlichkeit erzeugte Unbehagen. "Klar, in´s `Molium`. Um acht?" "Nicht schon wieder ins `Molium`." Tsuden hasste diese Kneipe mit ihren Wackelstühlen, dem Pommesduft und den ewig gleichen Gästen. Außerdem waren die Toiletten dort eklig. "Lass uns zu Rico gehen." Rico hieß eigentlich Ahmet und war Albaner. Das hielt ihn jedoch nicht davon ab, ein kleines italienisches Restaurant zu führen, das relativ günstiges Essen, etwas säuerlichen Wein und für jeden Gast einen Drink aufs Haus anbot. "Aber Du bezahlst, sonst komm ich nich mit." Typisch Mandy, nie Geld. Dennoch fiel die Wahl zwischen Alleinsein zu Hause und Zweisamkeit unter Leuten nicht schwer. "Abgemacht. Um acht." Ob sie nun ihr Geld in Darmstadt ausgab oder in der Stadt war mittlerweile egal. Und schließlich hatte sie ja in der letzten Woche recht gut verdient bei Hardy. Schwarzarbeit lohnt sich doch. Sie lächelte.

Die Stadt III

Die Anzahl der Hunde in der Stadt liegt weit über dem Landesdurchschnitt. Eine Hundestadt sozusagen. Leider scheuen sich die Stadtoberen immer noch, mit diesem Prädikat zu werben. Dabei laden wunderschöne Abkotstrecken in den großen Parks und am Flussufer den anspruchsvollen Hundehalter zu ausgedehnten Spaziergängen mit seinem vierbeinigen Liebling ein. Besonders in den Morgen- und Abendstunden sieht man verzückte Gesichter von Herrchen und Frauchen, wenn sie ihre kleinen und großen Freunde bei Herauspressen von Stoffwechselendprodukten beschauen. Selbige, in Haufenform auf den Wegen drapiert, erinnern dann jeden Spaziergänger an die Hundefreundlichkeit der Stadt. Zwar ist jeder Hundehalter verpflichtet, den Dreck zu beseitigen und auch der Leinenzwang steht in der Stadtordnung festgeschrieben, dennoch haben die Besitzer freilaufender Hunde kaum Sanktionen zu befürchten. Das Ordnungsamt ist in absoluter Zurückhaltung darin geübt, defäkierende und nichtangeleinte Hunde zu ignorieren.

Auch Kampfhunde im Besitz meist arbeitsloser Zeitgenossen sind allgegenwärtig. Selbst auf Spielplätzen und in Vorgärten können sich Bullterrier und Rottweiler völlig ungezwungen bewegen und wenn einmal ein vorlautes Kind zu nahe kommt, ist ungehindertes Zuschnappen gewährleistet. Eltern haften für ihre Kinder. Das allmorgendliche Gekläff auf den Straßen sorgt außerdem dafür, dass die wenigen Berufstätigen in der Stadt nicht verschlafen. Für Ermahnungen sind viele Hundehalter taub. Auch verstehen sie nicht, dass Hund und Zweizimmerwohnung nun mal nicht zusammenpassen. Dann wird Tierliebe schnell zur Tierquälerei.

Episode 4 – Wiederholung

In seiner Kneipe, einem dunklen Raum mit vergilbten Wänden und tastigem Gestühl, wurde er wie üblich mit einem "Horst, Sau ey, kommst ja ooch schonn!" von der Trinkkameradschaft begrüßt. Ob des schummrigen Lichts und der wabernden Rauchschwaden nahm niemand von den unvorteilhaften Veränderungen seines Äußeren Notiz. Außerdem würden dreckige oder zerrissenen Klamotten hier ohnehin nicht auffallen. Neben ihm saß Detlef, ein abgehalfterter Busfahrer, dem man wegen Trunkenheit die Fahrerlaubnis und damit auch die Arbeit entzogen hatte. Was ihn jedoch nicht daran hinderte, tagein tagaus den Pullover der städtischen Verkehrsbetriebe zu tragen, gerade so, als wolle er damit ein nicht vorhandenes Beschäftigungsfeld nachweisen. Hinten in der Ecke spielten drei junge Kerle Skat. Die Springerstiefel mit den weißen Schnürsenkeln und die kahlgeschorenen Köpfe ließen keine Zweifel an ihrer Gesinnung aufkommen. Plötzlich fuhr eine Pranke auf Horsts Schulter nieder. "Sau ey, was war`n das vorh`n für ne Trulla?" An der Pranke hing ein baumdicker Arm, der in einem wuchtigen Körper endete. Horst zuckte zusammen, drehte sich jäh um und blickte in einen zahnstummeligen Mund, der nicht gut roch. Es war Peter, ehemaliger Kumpel wie er und nun bei einer Sicherheitsfirma beschäftigt. Peter zählte trotz seines Schichtdienstes zu den treuesten Stammgästen in der Kneipe. Horst war sich nicht sicher, ob er überhaupt eine eigene Wohnung hatte oder hier am Tresen wohnte. "Woll mer bissl zocken?" Peter wusste, dass Horst kein guter Spieler war, dennoch oder gerade deswegen war er ein gefragter Partner bei einem Spiel "66" oder auch "Schnurps" genannt. Wer die Runde verlor, musste zahlen. Horst dachte an seine bescheidenen Geldmittel und winkte ab. Achim, der rothaarige Wirt, stieg aber auch mit ein und sagte "Kannst auch anschreim lassen." Anschreiben? Horst wusste, was dies bedeutete. Schulden und Gespött. Aber wie sollte er angesichts des sich aufbauenden Gruppenzwangs nein sagen. Er wollte keinesfalls als Spielverderber gelten. Also schlug er ein. "Aber nur eine Runde!" Eigentlich war er froh, damit einer Antwort auf die Frage nach der "Trulla" enthoben zu sein. Peter ließ aber nicht locker. "Erzähl ma. Die hat ja ganz schöne Titten. Woher kennst´n die denn?" Horst brummte so etwas wie "Kenn ich von früher." Und damit war dies unangenehme Thema für ihn eigentlich erledigt. Leider sahen das seine Trinkgefährten anders und so ergoss sich noch ein Schwall zotiger Bemerkungen über Horst, bevor man sich im dunstgeschwängerten Nebenraum zum Spiel niederließ.

Er verlor ein Spiel nach dem anderen. Die schadenfrohen Blicke seiner Gegenüber brannten auf seiner Haut und sein schnell schwindendes Bargeld ließ Schwermut in ihm aufkommen. In diesen Momenten fragte sich Horst, was schiefgelaufen war in seinem Leben. Wehmütig dachte er dann an vergangene Zeiten zurück, als er dank seines Einkommens und seines Aussehens zu den begehrtesten Männern der Stadt gehörte. Und immer wenn er beim Spiel die schmierigen Finger von Peter sah, die mit ausgefransten Fingernägeln die Karten umschlossen, wenn er in Achims trübe Augen schaute oder Detlefs schäbigen Pullover erblickte, auf dem sich die immer gleichen Flecken abzeichneten, konnte er nicht verstehen, warum er sich hier mit denen herumtrieb. Er schloss die Augen und sah eine schweinchenrosa Jacke, die eine erfreulich große Oberweite umschloss.

"Achtundsechzig – reicht!" Triumphierend warf Detlef seine restlichen Karten auf den Tisch, während Peter akribisch Zahlen auf einem Bierdeckel notierte. "Du bist durch." Er sagte das ganz sachlich und Horst spürte, wie drei Augenpaare sich auf ihn hefteten. "Macht vierunfuffzig Eu`s." "Und ne Runde Schnaps – Sau ey!" "Zahlste gleich oder soll ich anschreim?" Achim hatte bereits, ohne eine Antwort abzuwarten, vier Gläser mit der Aufschrift eines bekannten Kräuterlikörs randvoll gefüllt. In seiner Tasche nach dem Portemonnaie nestelnd blickte Horst hilflos umher. "Äh, ich muss dann gloob ich nochma Geld holn." hörte er sich sagen, nachdem er vergeblich nach einem größeren Geldschein gefahndet hatte.

Die frische Luft auf der Straße tat ihm gut. Zur Sparkasse waren es nur ein paar Meter. Die Karte wurde gierig vom Automaten verschlungen. Es dauerte einige Sekunden. "Transaktion nicht möglich!" verkündete das Display. Siedend heiß fiel Horst ein, dass die Stütze vom Amt noch nicht eingegangen sein konnte. Er blickte ins Leere.

Die Stadt IV

Die Stadtoberhäupter in den letzten Jahren zeichneten sich oft entweder durch körperliche oder geistige Kleinheit aus. Manchmal auch durch beides gleichermaßen. So ist es eigentlich kaum verwunderlich, dass sie binnen eines Vierteljahrhunderts die Stadt ruiniert hatten. Bei dieser Zerstörung des Gemeinwesens haben Einheimische und Westliche synchron zusammengewirkt. Wie vielerorts im Osten war es nicht gerade die Elite des Westens, die den Weg in die ostdeutsche Provinz gefunden hatte. Viele hofften trotz Minderbegabung auf eine schnelle Karriere. Zudem lockte mit dem "Buschzuschlag" eine bessere Vergütung. So bestanden Stadtrat und Verwaltung aus einem bunten Konglomerat mehr oder minder mit Defiziten Behafteter in dem die wenigen Wohlmeinenden und Wohltuenden meist verschwanden.

Gewürzt wurde diese Akkumulation aus Unfähigkeit und Unvermögen mit altlastigen Würdenträgern aus sozialistischer Vergangenheit, die sich, keiner Verantwortung bewusst, in die Gemengelage kommunaler Politik gemischt hatten. So aufgestellt wurschtelte man bereits seit über zwei Jahrzehnten dahin und hat die Stadt auf einen der allerletzten Plätze im deutschen Städteranking katapultiert. Sinnbild des Versagens sind ein hohes Maß an Beschäftigungslosigkeit, leere Ladenflächen und nicht zuletzt unbeleuchtete Hauptstraßen, die nachts jedem Fremden, der sich hierher verirrt, einen leichten Angstschauer über den Rücken jagen.

Episode 5 – Aufregung

Die Uhr zeigte halb eins. Zeit, sich aufzumachen dachte Tsuden. Hardy erwartete sie bestimmt schon. Er war zweiundsechzig. Schütteres graues Haar lag seitengescheitelt auf dem bulligen Kopf. Seine tellergroßen Hände kündeten von vergangener Schwerarbeit im Maschinenbau und sein blassblauer Pullover spannte sich würdevoll über einen ansehnlichen Bauch zu dem die dürren Beine nicht so recht passen wollten. Wenige Wochen nach der sogenannten "Wiedervereinigung" wurde er aus seinem Betrieb entlassen, wo er über zwanzig Jahre, zuletzt als Meister, die schweren Maschinen montierte. Gewohnt zuzupacken, beschaffte er sich einen Job in einem der Logistikzentren, die wie Pilze aus dem Boden schossen, um den Neubundesbürgern die segensreichen Errungenschaften der westlichen Konsumgesellschaft direkt nach Hause zu bringen. Einer seiner Söhne hatte sich in die Schweiz aufgemacht und verdiente als Tunnelbauer dort im Monat mehr, als Hardy im halben Jahr. Der andere arbeitete in Westdeutschland.

Die Logistikfirma ging nach ein paar Jahren pleite und dank eines glücklichen Zufall wurde ihm von einem erkrankten Exkollegen die Kneipe am Ende der Fußgängerzone im Plattenbaugebiet angeboten. Hardy griff zu, auch wissend, dass es in seinem Alter hier in der Nähe keine Arbeit mehr gab. Wegziehen kam für ihn nicht infrage. Seine Frau und er pflegten seine Mutter zu Hause. Die alte Dame litt an einer fortschreitenden Demenz. Und ins Heim wollte sie nicht.

"Tach Hardy!" Tsudens etwas kreischige Stimme ließ Hardy von der Lektüre der Fußballzeitung hochfahren. "Mann Tsuden, Du sollst mich nich immer so erschrecken." "Draußen demmeln schon Robert und Atze." Robert und Atze, zwei hygienisch grenzwertige Endfünfziger gehörten zum Inventar. Die Stunden, die beide in den letzten Jahren in "Hardys Eck" versäumt hatten, konnte man mühelos an zwei Händen abzählen. "Die stinken."

Hardys knapper Kommentar klang fast resignierend. Sicher, besonders lecker rochen die beiden nicht, aber sie sorgten für Umsatz, indem sie jeden entbehrlichen Cent zu Hardy trugen. Tsuden blickte missmutig, als sie sich ihre schon etwas ausgeblichene Schürze umband, auf deren Vorderseite der Schriftzug einer regionalen Brauerei prangte. Sie konnte die beiden nicht leiden. Nicht nur, dass sie stanken, kein Wunder bei den ewig gleichen Klamotten, die sie tagein tagaus auftrugen, auch ihre Art sie anzusehen erregte ihren Ekel. Vielleicht war es ihre Erinnerung an Mutters meist etwas heruntergekommene Freunde, die ihre Abneigung gegen die Beiden befeuerte. Tsuden blickte ins Leere. Ihr frisch auftoupiertes Haar und das Make-up konnten nicht über ihren Seelenzustand hinwegtäuschen. Es kotzte sie gerade alles irgendwie an. Hardy und seine ewig stinkenden Gäste, ihre Freundinnen mit ihren wechselnden Männerbekanntschaften und die blöde Stadt sowieso. Sie wollte einfach nur weg, weit weg.

"Sau ey, Tsudi, altes Leder!" Atzes Fistelstimme schnitt durch die Luft und holte Tsuden in die bierpfützige Realität der kleinen Kneipe zurück. Sie konnte gerade noch seinen fetten Fingern ausweichen unter deren Nägeln sich der Dreck des letzten Jahrzehnts angesammelt hatte. Ein ehemals weinroter Pullover spannte über seinem unförmigen Körper und verlieh ihm mit der schwarzen Rundstrickhose, die seine kurzen Beine mehr hervorhob als verbarg, etwas Vorzeitliches. Ein viel zu kleiner Kopf mit niedriger Stirn und wulstigen Augenbrauen bot einen surrealen Kontrast zu der stattlichen Plautze, die Atze vor sich her schob. Tsuden musste an einen Fantasy-Film denken, mit Gnomen, Zwergen und Krüppeln – Atze würde unter ihnen nicht weiter auffallen. Nur beiläufig bemerkte sie den gelben Fleck in Höhe seines Bauches, der seit mindestens zwei Wochen dort vorhanden war. Atze war früher mal eine große Nummer im stadtgrößten Textilbetrieb gewesen. Sogar Reisekader, was bedeutete, dass er zu geschäftlichen Zwecken ins nichtsozialistische Ausland reisen durfte. Die Handlanger der Treuhand haben nach der Wende zuerst ihn und dann seinen ganzen Betrieb abgewickelt. Sehr zur Freude der Gastronomen, die seitdem bereits in den Vormittagsstunden Zulauf von sich langweilenden Arbeitslosen wie Atze hatten. Eigentlich war er ein umgänglicher Mensch, für manche zu umgänglich. Leider konnte er schlecht nein sagen – auch als es um die schriftliche Berichterstattung von Betriebsvorkommnissen ging. Eigentlich nichts Weltbewegendes, was er aufschrieb. Aber Grund genug, ihm eine "Stasi-Vergangenheit" anzudichten. Nicht gerade ideale Voraussetzungen für den Neustart in die westliche Gesellschaft. So hatte er in Ermangelung einer Arbeit genügend Freiraum, sich dem Trinken hinzugeben. Zuerst aus Frust, dann aus Gewohnheit und schlussendlich aus Sucht.

Bei einer der vielen Arbeitsbeschaffungsmaßnahmen, die er durchlief, lernte er den dünnen Robert kennen, der seine Glatze kunstvoll durch eine Handvoll Haarsträhnen zu verdecken suchte. Robert war früher auf dem Rat des Kreises für Kulturveranstaltungen zuständig. Nach der Wende versuchte er, eine Veranstaltungsagentur aufzubauen, was jedoch kläglich scheiterte. Die verschiedenen Maßnahmen konnten auch ihm keinen dauerhaften Broterwerb sichern und so drehte sich die Abwärtsspirale seines Lebens unentwegt weiter. Seine Frau lief ihm schließlich davon und seitdem ist er Stammgast bei Hardy. Heute hatte er wieder sein abgewetztes braunes Cordjackett und die braune Hose aus nicht näher identifizierbarem Material an. Er grinste Tsuden breit an, wobei seine ungepflegten Zähne zum Vorschein kamen, und bestellte zwei Bier und zwei Korn.

Tsuden konnte den ganzen Abend die trübgeilen Blicke der Beiden fast körperlich spüren. Sie war bemüht, weder Atze noch Robert anzusehen und nicht in den Greifbereich ihrer Hände zu geraten, was angesichts der Winzigkeit des Gastraumes nahezu unmöglich war. Gerade hantierte sie am Spülbecken, als die Tür aufging und begleitet von einem kalten Luftzug ein großer Mann hereintrat. Umweht vom Hauch eines teuren Aftershaves, welches man hier eigentlich nie zu riechen bekommt. Tsuden blickte auf und sah in zwei graublaue Augen, die leicht zusammengekniffen hinter einer schwarz-weiß gerandeten Brille hervorschauten. "Ein Glas trockenen Rotwein." verkündete ein makellos bezahnter Mund, während eine manikürte Hand etwas gebieterisch auf die Holzplatte des Tresens klopfte. Tsuden wurde es heiß. Sehr heiß.

Die Stadt V

Die jungen Frauen der Stadt unterscheiden sich wie überall in drei Gruppen. Die Schönen, die Intelligenten und die Mehrheit. Leider ist letztere Gruppe sehr, sehr groß. Man ist fast geneigt zu sagen, es gibt in der Stadt nur Mehrheit. Dem alldeutschen Trend folgend, verlieren viele Bewohnerinnen nach ihrem Einstieg ins Pillenalter ihre äußere Form, manche schon früher. Die in der Stadt ansässigen Tätowierer freut dies, bleibt ihnen doch noch mehr Fläche zur Ausgestaltung. Das Stadtbild prägend sind schwarzhaarige Bauchfrei-Trägerinnen mit zumindest Halbkörpertatoos und manchmal dickem Tast im Gesicht, von dem man nicht sicher weiß, ob es ein verunglückter Schminkversuch oder einfach nur Dreck ist. Ihre Gespräche, denen der unfreiwillige Zuhörer lauscht, zeichnen sich viel zu oft durch Bildungsferne und ausdruckliche Schwäche aus, während ihre unterschiedlich großen Fettlefzen über den hüfthohen Hosenbund rollen. In den kurzen Pausen, in denen sie ausnahmsweise mal nicht über ihr Smartphone wischen, stieren sie leeren Auges in die Gegend. Einem stillen Einvernehmen folgend werden alle Diejenigen, die nicht dem Allgemeinbild gehorchen, früher oder später zur Ausreise aus der Stadt gebracht. Übrig bleibt eine zunehmende Menge wenig ansehnlicher Damen, weit entfernt von weiblichen Attributen wie Anmut und Eleganz.

Dann gibt es die Muttertiere. Gewandet in ein sackleinenes Etwas und ausgestattet mit Doppelnamen sind sie die beherrschenden Elemente eines jeden Kinderspielplatzes, wo sie mit Argusaugen über das Tun ihrer Ableger wachen und sich über die Vorzüge glutenfreier Ernährung und die Verschreibungspflicht von Hustensaft unterhalten. Ihre Männer, zumeist kleinmütige Pantoffelhelden im mittleren öffentlichen Dienst, sorgen derweil für den Unterhalt und bekommen nach Arbeitsschluss ausreichend Gelegenheit, sich dem Nachwuchs zu widmen, damit frau sich auf Wesentliches wie Yogakurs und Teetrinken mit Freundinnen konzentrieren kann. Und nur ganz selten, wenn die Götter gnädig gestimmt sind, begegnet man in der Stadt einer wirklichen Schönheit oder einer gebildeten Frau, deren Gedanken nicht um Babykacke, vegane Ernährung oder Kopfschmerztabletten kreisen.

Episode 6 – Aufbruch

Quälender Kopfschmerz brachte Horst zum Erwachen. Draußen deckte dicker Novembernebel die Straßen zu. Trotz der fortgeschrittenen Zeit war es noch nicht richtig hell. Im Nachbarhaus schüttelte eine ältere Frau mit verkniffenem Gesicht ihre Handtücher aus. Die Müllabfuhr verbreitete dumpfen Lärm und die Rentnerfamilie aus dem Erdgeschoss führte ihre Promenadenmischung aus. Horst blickte an sich runter und besah die braun-roten Flecke, die sich auf seinem Pullover abzeichneten. Bis auf den linken Socken und seine Jacke war er noch vollständig angezogen. Süßlicher Geruch stieg in seine Nase. `Oh Gott, war ich gestern besoffen` dachte er während sein Blick auf ein Häufchen Undefinierbares auf der Türschwelle fiel. Dunkel erinnerte er sich, dass ihm übel war, speiübel. Schemenhaft zeichnete sich die vergangene Nacht in seinem visuellen Gedächtnis nach. Das letzte, woran Horst sich eindeutig erinnerte, war Detlefs Gesicht, das sich livide gefärbt und Schnapsgeruch abatmend über ihn beugte. Schweren Schrittes trottete er in seine Küche, bedacht, das Undefinierbare nicht zu betreten.

Der Abwasch der letzten Tage türmte sich krustig in der Spüle. Eine hellbraune Senfspur hatte sich ihren Weg hinab bis zum Fußboden gebahnt. Überall Gläser, manche noch mit einem Rest versehen. Mit einem Ruck zog Horst den Kühlschrank auf, wobei dieser ein ächzendes Geräusch von sich gab. Fischgeruch stieg ihm entgegen. Eine offene Sardinenbüchse, mit einem schimmeligen Hauch belegt, tummelte sich einsam im obersten Fach, darunter zwei Bierbüchsen und eine fast leere Packung Schnittkäse, deren Inhalt grünlich verfärbt war. Im Gemüsefach schwappte eine braune Brühe, worauf tapfer zwei runzlige Tomaten schwammen. Aus der hintersten Ecke holte Horst eine noch verschlossen Wurstbüchse vor, öffnete sie mit seinem Taschenmesser und hielt dann vergebens Ausschau nach einem Kanten Brot.

Der Wurstgeschmack trug nicht gerade zu seinem Wohlbefinden bei und so entschloss er sich, etwas an die frische Luft zu gehen. Dieses Bedürfnis wurde jedoch jäh von einem anderen verdrängt, als sich seine Blase und sein Darm meldeten und um Entleerung nachsuchten. Zu allem Überfluss klingelte jetzt auch noch das Telefon. "Was issen nur?" murmelte Horst in sein Handy. "Herr S., Sie sind heute ihrem Termin bei uns im Jobcenter nicht nachgekommen und haben auch die letzten zwei versäumt. Wenn das so weitergeht, werden wir Ihre Bezüge kürzen." sprudelte eine wenig freundliche Beamtenstimme am anderen Ende. "Ich komm nachher vorbei." stammelte Horst, während er mit einer Hand seine Unterhose richtete. Die Entgegnung des Beamten nicht abwartend legte er auf und öffnete die Tür zum Bad. Ein Geruch, der an Fäulnis und Verwesung erinnerte, schlug ihm entgegen. Von der Tür bis hin zur Toilette zog sich eine Schneise der Verwüstung. Ein vollgebrochenes Handtuch lag zerknüllt auf dem Boden, darüber ein Schuh ohne Schnürsenkel, in der rechten hinteren Ecke ein Haufen Klopapier, bräunlich-violette Tupfer hoben sich kontrastreich von der hellgrauen Zellulose ab. Der Badvorleger lag in der Wanne und dünstete Übelriechendes aus. Eine graubraune Tropfenspur führte geradewegs neben die Waschmaschine, die ihre Ladeklappe gleich einem gierigen Maul aufriss. Horst ermannte sich und schaute in die Maschine von oben hinein. Auf den gerade noch identifizierbaren Resten seiner letzten Mahlzeit, seifigen Spaghettis, hatte es sich ein Socken gemütlich gemacht, während ein Stück Klopapier kaum erkennbar am Rand der Trommel klebte. "Scheiße!" Horst versuchte, sich die Bilder seines Nachhausekommens ins Gedächtnis zu rufen. Es gelang ihm nicht. Plötzlich, einem inneren Aufruf folgend, riss er die Wohnungstür auf, sprang ungeachtet seines unvorteilhaften Äußeren die Treppe zwei Etagen nach unten und erstarrte beim Anblick der Haustür. Von der Türklinke hingen vier zierliche Stalagtiten, eingetrocknet schon fast, während sich unmittelbar darunter eine große Pfütze klebrigen Etwas ausbreitete. Halb zerkaute Eierteigwaren schwammen darauf und verliehen dem Ganzen fast ein friedliches Bild. "Das machst Du alles wieder weg, Du Sau!" Die Stimme der älteren Dame, die Parterre rechts wohnte, ließ Horst aus seinen kontemplativen Betrachtungen aufschrecken. Etwas desorientiert schaute er nach oben. Die blitzenden Augen der Rentnerin ließen an der Ernsthaftigkeit ihrer Aufforderung keine Zweifel aufkommen. "Ja, äh... Frau Lurz...äh, tut mir leid!" Erst jetzt wurde Horst bewusst, dass er allein für dieses Arrangement aus halbverdauter Speise, billigem Kräuterschnaps und Unmengen von Bier, welches sich zu seinen Füßen ausbreitete, verantwortlich war. Hilflos schaute er sich um. Ein paar Teenager kamen kichernd vorbei und verzogen ihr Gesicht ob des merkwürdigen Anblicks, den Horst bot. Ihm fröstelte. Ohne Frau Lurz eines Blickes zu würdigen, stapfte er schweren Schrittes die Treppe wieder hinauf. "Scheiße! Scheiße!" Die Tür war ins Schloss gefallen.

"Wenn das in einer Stunde nich alles wieder sauber ist, rufe ich den Vermieter an!" krähte es von zwei Etagen unter ihm während er verzweifelt an seiner Wohnungstür rüttelte. Er wollte am liebsten heulen. Halb angezogen und mit strähnigem Haar ließ er sich auf den kalten grauen Steinstufen im zugigen Hausflur nieder. An einen Schlüsseldienst war wegen der zu erwartenden Kosten nicht zu denken. Er musste Frank anrufen. Frank war von Beruf Lebenskünstler mit einem gewissen Hang zum Kriminellen. Trotzdem hatte er immer ausreichend Geld und willige Frauen. Kein Wunder, er sah ja auch blendend aus, wenn er sich solariumgebräunt aus seinem Golf GTI schwang. Dem würde bestimmt was einfallen, als gelerntem Schlosser. Erst seine tastende Handbewegung machte Horst klar, dass er kein Handy dabei hatte. Wo konnte er telefonieren? Frau Lurz schied aus – Horst brauchte jetzt Ruhe und keine hysterische Standpauke. Vielleicht gegenüber bei Familie Grau, einem Seniorenpaar, welches man fast nie zu Gesicht bekam. Es hieß, Herr Grau sei früher mal Offizier bei der Staatssicherheit gewesen. Sei´s drum. Horst klingelte. Nichts passierte. Nach einigen Versuchen hörte er schließlich einen schlurfenden Schritt und ein gemurmeltes "Ich komm ja schon." Die

Tür öffnete sich handbreit und ein hageres Gesicht schaute tränensäckig durch den Spalt. "Ja bitte?" Herrn Graus Worte waren gut zu vernehmen. "Ja, äh...meine Tür is zu." Horst schämte sich seines Aufzuges, der von seinem Gegenübers durch ein bernsteinfarbenes Kassengestell skeptisch gemustert wurde. "Ja, und?" Der Nachbar war hörbar ungehalten über die mittägliche Störung. `Alter Stiesel!` dachte Horst, um darauf in seinem besten Hochdeutsch zu sagen: "Ich muss bitte dringend mal telefonieren, bitte." Schweigen. Die bebrillten Augen scannten abermals Hosts merkwürdiges Äußeres. "Kommen Sie rein!" Eine schneidige Stimme, die gewohnt war, Befehle zu geben, hallte im Treppenhaus wider. Horst erschrak. Da war wohl doch etwas dran an der Sache mit der Stasi. Er versuchte sich den hageren Mann, der in abgetretenen Filzlatschen, angetan mit einem schwarzen Hemd und einer viel zu großen braunen Trainingshose vor ihm stand, als Offizier auf dem Kasernenhof vorzustellen. "Da ist das Telefon, aber nur Ortsgespräch." "Dankeschön." hörte Horst sich sagen.

Das Telefon hatte noch eine Wählscheibe. Seine Finger bewegten die Löcher, während der Apparat ratternd die Zahlen abarbeitete. Gut, dass er Franks Nummer immer im Kopf hatte. Horst malte sich gerade aus, wie er ihn jetzt aus dem Bett holte, daneben ein blitzender Busen oder ein schlankes Frauenbein. Nach fünfmaligem Klingeln wurde Horst von einem leicht gekreischten "Hallo! Werisnda?" in die Realität zurückgeholt. "Frank?" flüsterte er verdutzt in den Hörer, wohl wissend, dass es niemals Frank war, der am anderen Ende etwas schwer atmend in den Hörer blies. "Hier is keen Frank, willsten?" Zweifellos war er nicht bei Frank gelandet. Im Begriff den Hörer schon aufzulegen vernahm er noch ein fast geschrienes "Du dumme Sau, kannste nich mal sagen wer De bist?", was ihm unerwartet vertraut vorkam.

Sein Freund Frank hatte wohl wieder mal eine neue Telefonnummer. Kein Wunder, bekam er doch regelmäßig Anrufe von gehörnten Ehemännern, deren Frauen gerade die Vorzüge seines Wasserbetts genießen durften. Auch Detlef und Peter, seine Kneipenfreunde, waren nicht zu erreichen. So blieb Horst auch angesichts von Herrn Graus zunehmender Ungeduld ob der mehrfachen Telefonate nichts anders übrig, als ein Telefonbuch zu erbitten und doch den Schlüsseldienst anzurufen, welcher sich mittels seines ausgewählten Namens, der nicht weniger als 25mal aus dem Buchstaben "A" bestand, an die Spitze der Telefonbucheintragungen gesetzt hatte. Nach einer viertel Stunde, die Horst dank der Intervention von Frau Grau auf dem abgesessenen Sitzkissen eines Holzstuhls im Flur zubringen durfte, stets bemüht, nur dessen vorderste Anteile in Anspruch zu nehmen und argusäugig vom Hausherrn bewacht, erschien ein höchstens fünfundzwanzigjähriger Mann, musterte leicht geringschätzig Horsts heruntergekommenes Äußeres und machte sich an die Arbeit.

"Macht 104 Euro und 25 Cent, ich warte solange hier." Der Typ vom Schlüsseldienst packte seine Tasche zusammen. Mittels eines riesigen Schlüsselbundes und ein paar geschickten Handgriffen hatte er die Tür im Handumdrehen geöffnet. Horst war froh, Herrn Graus Observation entronnen zu sein. Dieses Glücksgefühl wurde nun jedoch im Angesicht des Rechnungsbetrages erheblich getrübt. "104 Euro und 25 Cent!" rief der Türöffner vorsorglich nochmal Horst hinterher, als dieser in seinen Hausflur stolperte. Horst holte seine eiserne Reserve hervor. In einer alten Zigarrenschachtel hatte er einen Notvorrat angelegt. Dieser sollte eigentlich für Dinge herhalten, mit denen er sich zu belohnen gedachte. Mal einen teuren Whisky kaufen oder sogar vielleicht mal in den Puff gehen.

Nachdem er den fälligen Betrag abgezählt hatte, verblieben nur noch zwei blaue Scheine und etwas Kleingeld in der holzbraunen Kiste. Horst schob sie wieder in die hinterste Ecke des Schubfachs und ging zur Tür. Der Typ vom Schlüsseldienst hatte offenbar mit einem opulenten Trinkgeld gerechnet und glotzte blöd, als Horst ihm das Geld passend in die Hand zählte. "Schönen Tach noch..." Der Typ verschwand mit seinem Koffer, einen leichten Hauch von Zigarettengeruch zurücklassend.

Horst war deprimiert. Woher sollte er Geld bekommen, um sein Leben zu bestreiten. Sicher, er könnte aufhören zu rauchen oder kein Bier mehr trinken. Aber das waren für ihn keine Optionen. Er musste Ralf anrufen. Ralf war sein jüngerer Bruder und der einzige aus der Familie, der es zu einem gewissen Wohlstand gebracht hatte, den er nicht unbedingt seiner Ausbildung als Kraftfahrer verdankte, sondern der Erbschaft seiner Frau. Gleich nach der Wende war ihre Westtante gestorben und hatte neben dem Reihenhaus in Gütersloh ein erkleckliches Sümmchen hinterlassen.

Ralf arbeitete in einem großen Autohaus und hatte es bis zum Chefverkäufer gebracht. Das letzte Mal sahen sie sich vor drei Jahren zur Beerdigung ihrer Mutter. Damals schämte sich Horst seines abgeschabten Anzuges als er neben Ralf stand, der wie aus dem Ei gepellt daherkam. Ralf und er hatten sich immer etwas näher gestanden, was vielleicht daran lag, dass Horst mit ihm schon altersbedingt die meiste Arbeit hatte. Er erinnerte sich an die häufigen Begebenheiten, als ihre Mutter ihm auftrug, sich mit seinem jüngsten Bruder zu beschäftigen. Und er musste lächeln, sah er die Bilder der Vergangenheit vor sich. Ralf als Bündel verschnürt auf dem großen Hörnerschlitten, während Horst damit den heimatlichen Rodelhang hochschnaufte. Vielleicht würde Ralf ihm aus der finanziellen Klemme helfen. Horst schloss die Augen und ein warmes Glücksgefühl durchströmte ihn bei dem Gedanken, dass seine Situation doch nicht so hoffnungslos war, wie er zunächst befürchtet hatte. Aber dann sah er plötzlich das Vogelgesicht von Ralfs Frau Andrea vor sich. Schmallippig und mit leichtem Silberblick, der ihr etwas Verschlagenes verlieh. Andrea stammte zwar aus dem Nachbarkreis, war aber recht schnell zu einer Wessitussi mutiert. Rechthaberisch und Aufbrausend. Und sie hatte Ralf voll im Griff, was sicher nicht nur daran lag, dass Haus und Geld dank der Erbschaft ihr gehörten. Andrea arbeitete in einer großen Bank. Hier konnte sie, thronend hinter einem Schreibtisch, entscheiden, wer sich eines Kredites würdig zeigte und wer nicht. Zu den wenigen Gelegenheiten, bei denen Horst ihr begegnete, machte sie nie ein Hehl aus ihrer Antipathie gegen ihn. Ihre Lippen wurden dann noch schmaler und ihre Stimme bekam etwas Gereiztes, wenn sie mit ihm sprach. Nein, Ralf würde ihm keinen Cent geben dürfen. Dafür würde Andrea sorgen, mit allen zur Verfügung stehenden Mitteln. Zu seinem anderen Bruder Jörg hatte er so gut wie keinen Kontakt mehr. Er war schon vor Jahren nach Österreich gegangen, um den dortigen Pflegedienst zu unterstützen. Gegen eine Entlohnung, die hier im Osten als exorbitant angesehen würde. Jörg war zudem frisch geschieden und hatte sicher andere Probleme, als sich um seinen verhartzten Bruder zu kümmern.

In Horsts Gedanken machte sich Verzweiflung breit. Zwei Zigaretten später musste er sich eingestehen, dass er eigentlich niemanden hatte, der ihm Geld leihen würde. Bisher war er immer ein wenig stolz auf sich gewesen, dass er in puncto Geld noch nie fremde Hilfe in Anspruch nehmen musste. Irgendwie ging es immer. Außer Zigaretten und Bier stellte er keine Ansprüche und von einzelnen Ausrutschern abgesehen war er selbst in der Kneipe stets darauf bedacht, seine Ausgaben entsprechend seinen Möglichkeiten anzupassen. Die monatliche amtliche Unterstützung in Form des Arbeitslosengeldes II reichte für ihn, allerdings hatte er seit Jahren keine Anschaffungen mehr tätigen können, was sich in dem Zustand seiner Wohnung und seiner Garderobe niederschlug. Traurig hing er einer längst vergangenen Epoche nach, als er in den einschlägigen Bars der Stadt die Mädchen freihalten konnte, ein schickes Auto fuhr und einer für damalige Verhältnisse einträglichen Arbeit nachging. Während sein Blick auf seinem verwaschenen graublauen Socken haftete, wurde sich Horst bewusst, dass er ein echter Verlierer war. Die sogenannte "Wende" hatte entgegen seiner Hoffnung nichts Gutes für ihn gebracht. Er musste an die vielen Arbeitsbeschaffungsmaßnahmen denken, die er in der trügerischen Hoffnung auf Festanstellung absolviert hatte. Und was hatten sie genützt?

Nach trübseligen Minuten beschloss er, doch seinen Bruder Ralf anzurufen. Trotz Andrea mit ihren schmalen Lippen. Während er in seinem Handy nach der Telefonnummer suchte, klingelte es an der Tür. Durch den Spion sah er ins Gesicht der ältlichen Postfrau, die unruhig von einem Bein aufs andere tretend, der Öffnung harrte. `Was will die denn?´ Horst wurde jedes Mal unruhig, wenn die blau-gelb gekleideten Mitarbeiter der Post vor seiner Tür standen. "Tach, ich hab`n Einschreiben." Mit routinierter Geste streckte die Dame ihm einen gelben Umschlag mit Sichtfenster entgegen. "Hier unterschreiben." Kaum hatte Horst in seiner krakeligen Schrift seinen Namenszug auf den schwarzen Kasten gesetzt, war sie auch schon wieder verschwunden. Achtlos warf er den Brief ins oberste Fach seiner Schrankwand Marke "Eisenberg". Sicher eine Mahnung dachte er. Sowas konnte er in seiner momentanen Gemütsverfassung nicht gebrauchen. Er ließ sich stöhnend auf sein durchgesessenes Sofa fallen und suchte erneut Ralfs Nummer. Fündig geworden drückte er auf die Wähltaste, um Sekunden später eine freundliche Frauenstimme zu vernehmen: "Die gewählte Rufnummer ist uns nicht bekannt." Etliche Versuche erbrachten stets den gleichen Satz. Horst wollte einfach nur sterben.

Die Stadt VI

Das Schlimmste in der Stadt sind die Gesichter der Menschen. Dabei spielt das Alter eine untergeordnete Rolle. Auffällig viele junge Männer laufen mit offenem Mund durch die Gegend, was ihnen etwas Grenzdebiles verleiht. Sieht man dazu noch ihre merkwürdige Kleidung, nicht selten gepaart mit einem zumindest gewöhnungsbedürftigen Haarschnitt, so fällt es schwer, sich diese Spezies als potenzielle Väter vorzustellen. Vielleicht ist es gerade dieser Umstand, dass die Geburtenrate der Stadt noch unter dem gesamtdeutschen Durchschnitt liegt. Sicher, einige Wenige haben es vermocht, als Versicherungsvertreter, Vermögensberater oder Autoverkäufer zu arbeiten, was ihrer Eignung zur Vermehrung jedoch keine fördernden Aspekte verlieh. Manche von ihnen geben in den aufgezwungenen Anzügen, deren Ärmel- und Hosenlänge sich disproportional zur tatsächlichen Länge der Extremitäten verhalten, ein bemitleidenswertes Bild ab. Offenbar sind sich manche Arbeitgeber darüber nicht im Klaren, dass nicht jeder Dödel für eine gehobene Kleidung geeignet ist.

In den Diskotheken begegnet man zumeist etwas blöd drein blickenden Typen zwischen sechzehn und sechsunddreißig, welche sich krampfhaft an ihrem Power-Mixgetränk festhalten, wenn sie nicht gerade von ihrem Mobiltelefon in Beschlag genommen werden. Über ihren Kopf haben einige einen kleinen wöllernen Sack gestülpt, ähnlich dem, den Oma früher über die Kaffeekanne behufe deren Warmhaltung zog. Tätowierungen, einst Zeichen verbüßter Haftstrafen, blitzen an allen möglichen und unmöglichen Körperstellen hervor. Trotz bunter Hautbildchen, muskelbepackter Oberarme und einer aufgesetzten Cooleness strecken nicht Wenige aus der Generation "Hilflos" noch bei Mutti die Beine unterm Tisch. Die Klügeren zieht es nach absolvierter Schule zur Lehre oder zum Studium fern der Stadt. Kaum einer kehrt wieder.

Viele Alten hingegen tragen einen Gesichtsausdruck zur Schau, der eine solide Mischung aus Griesgrämigkeit, Unzufriedenheit und Ablehnung darstellt. Vielleicht liegt es an den fehlenden Aufgaben, vielleicht auch an ihrer Sattheit. Meist gutgestellt und eingerichtet im Kuschelbett des Seniorendaseins vergessen sie, dass es keiner Generation jemals so gut ging - und auch nie wieder gehen wird.

Episode 7 – Vollzug

Das laute Schrillen des Telefons riss Tsuden aus ihrem Schlaf. Erregende Phantasien hatten sich gerade ihrer bemächtigt, als die Melodie von "Give Me All Your Luvin`" etwas blechern aus ihrem Handy erklang. Übellaunig ergriff sie das Telefon, um ein mehr gehauchtes als gesagtes "Frank?" zu hören. Der Typ wollte nicht mal sagen, wer er ist und so fertigte sie ihn, der sie aus ihren beglückenden Vorstellungen gerissen hatte, in bewährter Weise ab. Dennoch beschlich sie das Gefühl, die Stimme schon mal gehört zu haben. Sicher irgend einer der Typen, denen sie in einem Anflug von Einsamkeit mal ihre Nummer gegeben hatte. Sie schloss nochmal die Augen. Ein wissender Griff zwischen ihre fleischigen Schenkel verriet ihr, dass der Traum sie erregt hatte. Ein bebrilltes Gesicht mit einem lächelnden Mund und makellosen Zähne beugte sich über sie. Kräftige Hände hielten ihre Hüften umschlungen. Sie vibrierte. Ihre müden Augen suchten die Dunkelheit ab. Kein Gesicht, keine zupackenden Hände. Nur ein schöner Traum.

Im Stillen verfluchte sie ihr gestriges Verhalten. Der Typ, Göran hieß er, schien nicht uninteressiert an einer näheren Bekanntschaft mit ihr. Seine Blicke waren durchaus vielversprechend. Und auch wenn sie kaum ein Wort gewechselt hatten, so nahm sie doch seine leichte, fast zufällig wirkende Berührung ihrer Brüste für ein Zeichen von Paarungsbereitschaft. Aus den Gesprächen, die Göran mit seinem Begleiter führte, entnahm sie, dass er ein wichtiger Mann sein musste. Ein Eindruck, der durch sein Äußeres noch verstärkt wurde. Dunkler Anzug, hellblaues Hemd und gelbe Krawatte – eigentlich nicht das Klientel, das bei Hardy sonst verkehrte. Am Revers trug er ein kleines goldenes V, welches ihn als Mitarbeiter einer Beratungsfirma für Vermögen auswies. Sieben Euro Trinkgeld und ein Kompliment für ihre neue Frisur ließen Tsuden völlig dahin schmelzen. Dummerweise war sie seiner Visitenkarte, die er ihr lächelnd zur Rechnung legte, verlustig gegangen. Sie könnte sich ohrfeigen. Da kam mal ein ansehnlicher Typ, gab ihr sogar seine Karte und sie versaubeutelte sie. Verglichen mit ihren Bettbekanntschaften der letzten Jahre war Göran allererste Sahne. Athletische Figur, gut riechend und elegant angezogen. Tsuden stöhnte leise auf. Für gewöhnlich nahm sie keine Gäste mit nach Hause. Spätestens aber als Göran ihr beim Hinausgehen noch ein Lächeln zuwarf, war sie aber bereit, von diesem Prinzip eine Ausnahme zu machen. Doch ehe sie gestern ihre Gedanken ordnen und den Mund öffnen konnte, war ihr Prinz entschwunden. Sie hörte noch, wie draußen ein Automotor aufheulte und quietschende Reifen von einem furiosen Anfahren kündeten. Ach ja. Früher, vor fünfzehn Kilogramm, war alles anders. Da hätte Göran um ihre Telefonnummer gebettelt und sie hätte ihn zappeln lassen. Jetzt hingegen konnte sie froh sein, wenn sich ein Mann seiner Klasse überhaupt für sie interessierte. Mit dem Gedanken, doch heute nochmal intensiv nach der blöden Visitenkarte zu suchen, schlief Tsuden wieder ein.

Draußen war es hell. Der Herbstwind trieb nasse Schauer durch die Straße. Das Laub der alten Kastanien, gestern noch im Rinnstein verbacken, wirbelte zwischen den olivgrünen Mülltonnen. Tsuden blickte durch die schmutzigen Scheiben und sah ihre Nachbarin, geduckt unter einem grün-weißen Schirm, die Haustür verlassen. Sie mochten sich nicht, was vielleicht daran lag, dass Karin, so hieß sie, stets ausreichend Männerbekanntschaften hatte. Darunter einige durchaus akzeptable. Jedoch musste sich Tsuden eingestehen, dass Karin besser aussah als sie. Sie war hochgewachsen und schlank. Ihre Falten vermochte sie geschickt unter einer angemessenen Portion Schminke zu verstecken und ihre Kleidung passte sich ihrer Körperform gut an. Früher hatte sie in dem großen Textilbetrieb am Stadtrand gearbeitet. Jetzt war sie Besitzerin einer Boutique. Tsuden glaubte sich zu erinnern, dass Karin auch mal verheiratet war und zwei Töchter hatte. Aber sie konnte sich auch irren.

Ein schrilles Klingeln riss sie aus ihren Betrachtungen.

Fluchmurmelnd trabte Tsuden zur Wohnungstür; ihr ehemals weißer Bademantel verhüllte ihre Brust nur notdürftig. Vor der Tür stand ein Mann, besser gesagt ein Männchen. Schmales Gesicht, schmale Schultern und eine schmale Aktentasche. Nachdem sie bestätigte, dass es sich bei ihr um die Frau handelt, die er suchte, wies er sich als Gerichtsvollzieher aus und begehrte Eintritt. Und noch während Tsuden gedanklich ihre unbezahlten Rechnungen durchging, stand das Männchen, sich wissend umblickend, bereits im Wohnzimmer. "Sie haben beim Versandhaus Bella Kleidung im Wert von dreihundertfünfundvierzig Euro bestellt und die Rechnung trotz mehrfacher Mahnung nicht beglichen." Das Männchen zückte ein DinA4-Blatt, wedelte damit unter Tsudens Nase herum und murmelte etwas von Gerichtsbeschluss. "Aber ich wollt´ doch…" Ein Blick in sein entschlossenes Gesicht verriet ihr, dass jeder Einwand jetzt fehl am Platze war. "Ich werde jetzt nachschauen, welche Einrichtungsgegenstände pfändbar sind. Verfügen Sie über ein festes Einkommen?" Die Worte schossen pfeilschnell aus dem verkniffenen Mund des Männchens hindurch. "Äh, nein, äh…das heißt…" Sie konnte es gerade noch verkneifen, ihr illegales Beschäftigungsverhältnis zu erwähnen, während Männchens Blicke auf ihrer Stereoanlage klebten. Diese war ein Geschenk eines Verehrers, ziemlich alt schon und das CD-Laufwerk sprang. "Also nein. Aber da haben wir doch schon etwas gefunden." Das Männchen machte eine Notiz und heftete einen Aufkleber an das Gerät. "Aber, ich…" Die Worte erstarben auf ihren Lippen, während der Fernseher und das Handy ebenfalls beklebt wurden. "Die Gegenstände werden morgen abgeholt. Bitte hier unterschreiben." Männchens Haltung duldete keinen Widerspruch. "Kann ich de Rechnung nich bezahln un alles is wieder gut?" Tränen kullerten über ihre Pausbacken. Offenbar derartige Szenen gewohnt, zuckte der Gerichtsvollzieher nur mit den Schultern. "Klar, macht fünfhundertachtundneunzig Euro zuzüglich sechsundfünfzig Euro Bearbeitungsgebühren." Ihr wurde fast schwarz vor Augen, als sie die Zahlen hörte. Taumelnd setzte sie sich auf den einzigen Stuhl in ihrer kleinen Stube, der nicht von Kleidung belagert wurde. "Ich denk dreihundertfünfundvierzig Euro?" "Sie haben Zinsen, Zinseszinsen und Gebühren vergessen. Also, entweder Sie haben das Geld morgen parat oder die Sachen werden abgeholt. Ich komme um zehn vorbei. Wiedersehen." Mit seiner Aktentasche pendelnd verließ Männchen die Wohnung, wobei die Tür für ihr Empfinden etwas zu laut ins Schloss fiel. Hastig riss Tsuden die Flügeltür an der Schrankwand auf und suchte mit zittrigen Fingern die kleine violette Tasche, in der sie ihre Ersparnisse aufzubewahren pflegte. "Vierhundertsiebenundvierzig." Hatte sie noch vor Minuten gehofft, ihr Reservegeld würde reichen, um die Zwangsvollstreckung abzuwenden, so musste sie jetzt einsehen, dass dem nicht so war. Panik befiel sie. Die Stereoanlage war ihr ziemlich egal, der Fernseher auch. Aber ihr Handy, ihr Zugang zur Außenwelt – das konnte, nein, das durfte sie nicht abgeben. Hardy! Hardy musste ihr helfen und einen Vorschuss zahlen. Unbedingt. Gleich heute Abend würde sie ihn fragen. Sie würde sagen, dass sie das Geld für ein Geschenk brauchte, oder noch besser für Arbeitskleidung. Oder für ein neues Telefon. Hardy hatte sich schon mehrfach über ihr antiquiertes Handy aufgeregt, das spontan auszugehen pflegte. Zumeist dann, wenn er sie anrufen wollte. Während sie das Gespräch mit Hardy plante, tauchte immer wieder das bebrillte Gesicht mit den weißen Zähnen vor ihr auf. Ach Göran, du hast bestimmt keinen Ärger mit Gerichtsvollziehern. Sie verfluchte die hässliche blau-weiße Bluse, die helle Hose, die eh viel zu knapp war, den lila Schal und all die Sachen, die sie im einen Anflug von Leichtsinn bei dem blöden Versandhaus bestellt hatte. Klar, die ersten Mahnungen hatte sie noch gelesen, die letzten aber gar nicht mehr geöffnet.

Ein Blick auf ihre altmodische Küchenuhr verriet ihr, dass es Zeit war aufzubrechen. Es galt, ein Klassentreffen für heute Abend vorzubereiten. Etwa zwanzig hoffentlich trinkfreudige Gäste hatten sich angesagt. Die Aussicht auf ein fürstliches Trinkgeld und Hardys Hilfe stimmte Tsuden etwas freudiger. "Und abnehmen werd ich!" Mit diesem Vorsatz, gefasst nachdem sie frisch geduscht und angezogen einen prüfenden Blick in den Spiegel geworfen hatte, verließ sie das Haus.

Die Stadt VII

Die meisten gastronomischen Einrichtungen in der Stadt unterscheiden sich im Wesentlichen nicht. Oft ist die Bedienung langsam, unaufmerksam oder schlicht unfreundlich, das Essen grenzwertig oder es sind kaum Gäste da. Oder man riecht nach wenigen Minuten Aufenthalt wie eine Fritteuse in einer Großküche. Meistens aber kommt alles zusammen. So nimmt es nicht wunder, dass die Zahl der Neueröffnungen mit der Zahl der Schließungen nicht Schritt halten kann. Sicheres Zeichen für eine bevorstehende Pleite ist, wenn sich eine zunehmende Zahl von arbeitslosen Hundeherrchen in der jeweiligen Kneipe einfindet, um den ganzen Abend bei intensiven Gesprächen und einem Höchstumsatz im einstelligen Bereich zuzubringen. Selbst im höherpreisigen Segment wird man nur selten fündig, was gutes Essen und Service anbetrifft. Und hat man endlich ein gutes Restaurant gefunden, kann man auch dort die Zahl der Gäste zumeist an einer Hand abzählen. Sicherlich mag dazu beitragen, dass das Anspruchsniveau der Bevölkerung eher unterdurchschnittlich ist. Zudem trinkt der Städter sein Bier ohnehin lieber zu Hause. Wenn nicht aus Geldmangel, so doch aus Sozialneid. Warum soll es anderen auf meine Kosten besser gehen? Und spätestens seit sich die arbeitende Bevölkerung im Heer der Arbeitssuchenden und Hartz-IV-Empfänger verdünnt hat, ist gähnende Leere in den Gaststuben der Stadt an der Tagesordnung. Der Rest der Trink- und Esswilligen wird dadurch vergrault, dass es manchen Gastronomen auf einmalige Art gelingt, potenzielle Kundschaft mit einer Mischung aus teurem Bier und schlechtem Service fernzuhalten.

Demgegenüber florieren die Trinkgemeinschaften vor den Supermärkten und Tankstellen der Stadt recht gut. Fand sich ehedem nur der soziale Bodensatz beim Billigbier zusammen, sind jetzt immer mehr Bürger, ehemals in der Mittelschicht angesiedelt, nunmehr Stammgast unter den Regentraufen ganz dicht bei den Abfalltonnen. Das kollektive Promillieren wird nur selten durch die Ordnungshüter gestört, sodass auch zunehmend die städtischen Spielplätze von der wachsenden Gemeinde der Kampftrinker okkupiert werden können. Zahllose Zigarettenstummel und leere Flaschen künden dort von geselligem Beisammensein. Der Arbeitsagentur sei Dank.

Episode 8 – Familienbande

"Ich weeß och nich, was der für ne neue Nummer hat." Jörgs Stimme am anderen Ende klang genervt. Horsts Hoffnungen, über ihn Ralfs neue Telefonnummer zu erfahren, wurden im Keim erstickt. Und Jörgs Verhalten gab kaum Anlass zu dem Gedanken, man könne ihn um Geld angehen. "Was willsten von dem?" Jörgs Ton wurde etwas umgänglicher. "Geld kriegste doch keens, kennst doch die Alte." Horst fiel ein, wie Jörg und Andrea sich auf der Beerdigung seiner Mutter in die Haare bekommen hatten. Anlass war natürlich die Frage der Erbschaft. Horst musste lächeln. Viel gab es damals nicht zu holen im mütterlichen Haushalt. Die Ersparnisse des Vaters, der mit knapp sechzig einem Krebsleiden erlegen war, erwiesen sich nach Währungsunion und neuem Fernseher als kaum ausreichend, um einer arbeitslosen Frau ein menschenwürdiges Leben zu bewahren. Und so entzündete sich der Streit am alten Küchenschrank und Vaters Steigeruniform. "Die ist bei ebay paar hundert Euro wert!" verkündete Andrea und machte geltend, dass weder Jörg noch Horst sich um die alte Frau gekümmert hätten. Ralf saß daneben, die Schultern hochgezogen, mit ängstlichen Blicken abwechselnd seine Frau und seine Brüder musternd. Als Jörg Andrea zu verstehen gab, dass sie das Erbe überhaupt nichts anzugehen hatte, war der Streit perfekt. Geschrei von allen Seiten und schließlich die Verkündung, nichts mehr miteinander zu tun haben zu wollen. Wochen später brachte Horst die Uniform zu einem Arbeitskollegen seines Vaters, der ehrenamtlich im regionalen Bergbaumuseum aushalf. Der Schrank wurde zersägt.

"Ruf doch mal Biggi an!" Biggi hieß eigentlich Birgit und war die Ex von Jörg. Sie gingen vor sieben Jahren gemeinsam nach Österreich. Birgit war damals gerade schwanger. Als Timmie zur Welt kam, Jörg einen gutbezahlten Job im Pflegedienst hatte und sie Aussicht auf Arbeit im nahen Kaufhaus, schien ihre Welt rundum in Ordnung. Ausdruck dessen waren ein Mittelklassewagen, die neusten Markenschuhe und ein kleines Reihenhaus am Stadtrand ganz nah am See. Drei Jahre später kam Birgit mit Timmie wieder zurück in die Stadt, frisch geschieden von Jörg aber dank eines gewieften Scheidungsanwalts fast wohlhabend zu nennen. Horst sah sie damals gelegentlich im Stadtzentrum flanieren. Timmie in frisch gebügelten Hosen und Birgit im Kleid. Später hieß es, sie sei nach Berlin gezogen. Wegen der Liebe. Horst kramte im oberen Schubfach seiner mit hellbraunem Holz furnierten Schrankwand. Wo war nur der Zettel mit Biggis Telefonnummer? Er hatte sie immer gut leiden gemocht, auch wenn sie ihm manchmal etwas oberlehrerhaft daherkam. Bei einem seiner abendlichen Kneipengänge hatte er sie zuletzt vor drei Jahren auf dem Markt getroffen. Verlegen grüßte er. "Mann, Horst. Machst`n Du hier?" Biggi war eine hübsche Frau. Dunkle Haare umrahmten ein schmales Gesicht mit ebenmäßigen Zügen und Lachfältchen. Über die Jahre hatte sie ihre gute Figur behalten, die Horsts Blicke unwillkürlich anzog. Ihre hellblauen Augen blickten ihn fragend an. "Muss was erledigen." Horst war einsilbig. Sie wechselten ein paar Sätze über Timmie, ihren neuen Beruf als Kfz-Sachverständige und die alten Zeiten. Jörgs Name wurde nicht erwähnt. Nur einmal, im Nebensatz, klang er an. Nicht Jörg, sondern "Der" wurde er genannt. Bei der Verabschiedung schrieb sie ihre Telefonnummer auf einen kleinen blauen Notizzettel. Horst versteckte ihn im oberen Schubfach gleich neben seinen alten DDR-Briefmarken. Fluchend entleerte er nun den Inhalt desselben auf seinen Teppich, dessen grauenvoller Zustand ihm beim Bücken wieder vor Augen geführt wurde. Zwar hatte er nach seinem gestrigen alkoholischen Absturz eine gewisse Grundordnung wieder hergestellt, dennoch zeichnete sich immer noch eine bedenkliche Anzahl von dunkelbraunen Flecken auf dem grau melierten Belag ab. "Sau ey!" entfuhr es Horst als er mit flinken Fingern das Sammelsurium aus Papieren, ein paar wertlosen Gedenkmünzen und angebrochenen Zigarettenschachteln durchsuchte. Endlich, zwischen seinem längst abgelaufenen Reisepass und einer fast leeren

Packung "Analgin" entdeckte er den Zettel. Die Nummer darauf war nur noch mühsam zu entziffern. Horst versuchte sich zu erinnern, wann genau seine letzte Begegnung mit Birgit herrührte, während er die Zahlen in sein Telefon eindrückte. Es war kurz vor vier am Nachmittag. Birgit würde sicher noch arbeiten. Oder sie hatte eine neue Nummer. "Schneider". Horst wurde jäh aus seinen Überlegungen gerissen. "Ja, äh hallo…Birgit? Hier ist Horst." Stille. "Birgit?" flüsterte er nochmal. "Ach Horst, das ist aber schön, dass Du mal anrufst." schallte es aus dem Hörer. "Ja, äh, ich wollte fragen, ob Du die Nummer von Ralf hast?" "Ralf? Da muss ich mal schauen. Hast Du sie denn nicht. Er ist doch Dein Bruder." Birgits sachliche Äußerung verwirrte Horst vollends. "Äh, ich hab ein neues Handy." log er, hoffend, dass diese Entschuldigung Rechtfertigung genug war. "Na wie gehts Dir denn so? Arbeitest Du immer noch beim Wachdienst? Und was macht Deine Freundin? Wie lange ist das jetzt her? Zwei Jahre oder mehr? Seid ihr noch zusammen?" Siedend heiß fiel Horst ein, dass er bei ihrer letzten Begegnung gelogen hatte. Aus einer flüchtigen Bekanntschaft damals wurde im Gespräch mit Birgit eine feste Freundin und aus einem Gelegenheitsjob als Aufsicht in einer Galerie eine Dauerbeschäftigung beim Wachdienst. "Äh ja. Alles wie immer. Alles gut." Beruhigend war nur, dass Horsts hochroter Kopf für Birgit nicht zu sehen war. Es wäre ihr schwer gefallen, seinen Worten Glauben zu schenken. "Na das ist ja fein. Vergiss nicht, mich zur Hochzeit einzuladen." Ihr helles Lachen drang an Horsts Ohr. "Warte mal." Sekunden später diktierte sie ihm die neue Telefonnummer seines jüngsten Bruders. Birgit war eine ordentliche Frau. "Was macht Timmie?" hörte Horst sich fragen, wohl mehr, um der Form Genüge zu tun. "Der ist jetzt in der 10. Klasse. Auf dem Bismarck-Gymnasium." Was danach klang, als ob diese Bildungseinrichtung wegen ihrer einmaligen Qualität unerreicht wäre. Horst kannte Timmie als ein überaus exakt auftretendes, etwas altkluges Kind, das bereits im Grundschulalter fließend Englisch sprach. "Dann, äh, schönen Gruß und danke für die Nummer."

Horst war froh, der für ihn belastenden Unterhaltung enthoben zu sein.

In Ermangelung eines Papiers hatte er Ralfs Nummer auf seine Hand gekritzelt. Jetzt übertrug er sie in sein Handy, darauf bedacht, die Zahlen ja nicht zu verwechseln. Seine Laune besserte sich und er beschloss, entgegen seinen Vorsätzen, in die Kneipe zu gehen. Die vierzig Euro Barschaft, der klägliche Rest seiner Geldreserven, sollten für eine Schachtel Zigaretten und ein paar Bier reichen. Er duschte. Das billige Duschbad, neunundachtzig Cent im Discounter, roch nicht wirklich gut. Zu allem Überfluss war auch sein Rasierwasser zur Neige gegangen. Ein Deo benutzte er ohnehin nur selten wenn er zu Achim ging. Vielleicht lag es daran, dass er ohnehin nach ein paar Minuten in der Kneipe den Universalgeruch aller Gäste angenommen hatte, der solchen Etablissements eigen ist. Beim Ausstieg aus der Dusche fiel sein Blick auf einige bräunliche Tropfen, die er bei seiner vorherigen Reinigungsorgie wohl übersehen hatte. Mit flinker Handbewegung wischte er sie ab.

Angezogen mit frischer Unterhose und fast frischen Socken stand er vor seinem Kleiderschrank. Seine einzige noch brauchbare Jeans war nach den Erlebnissen der letzten Stunden nicht mehr ausgehbereit, sodass er auf seine alte braune Baumwollhose zurückgreifen musste. Unter großen Schwierigkeiten gelang es ihm, dieselbe im Bund zu schließen und mit einem Ledergürtel abzusichern. Über seinen blassen Oberkörper stülpte er einen dunkelgrauen Pullover mit dem Aufdruck eines großen Telefonanbieters. Wo war nur die Jeansjacke? Er suchte die ganze Wohnung ab. Nicht zu finden. Oh Gott, ich hab sie bestimmt gestern Abend auf dem Nachhauseweg verloren, durchfuhr es ihn. Darin befanden sich auch seine Geldbörse mit EC-Karte und Ausweis. Horst griff zu einer roten Windjacke, ein Werbegeschenkt eines Sportgeschäfts, und stürzte aus der Tür, bedacht, die Stalagtiten an der Klinke nicht zu berühren.

"Sau ey, Horst. Du traust Dich noch her?" Detlef grinste schief, als er die Begrüßungsformel aussprach. "Ich krieg noch vierundfuffzig Eus von Dir!" schmetterte Achim hinter dem Tresen hervor. "In Deim Portemonnaie war nüscht mehr drin." Horst zuckte. "Haste meine Jacke gesehen?" Achim und Detlef blickten sich vielsagend an. "Guck ma hoch!" An der Decke, zwischen verstaubten Lampen, drapiert über einen dort hängenden Stuhl hing seine Jacke. Ein Ärmel war halb ausgerissen und auf dem blauen Stoff kamen bei näherer Betrachtung weißliche Flecken zum Vorschein, die recht unappetitlich aussahen. "Welche dumme Sau hat`n die dort hingehängt?" Horst war wütend. "Nu hab Dich nich so. War nur zum Spaß, außerdem biste hängen geblieben, als Du zum Klo gekrochen bist. Nu isse eh kaputt." Detlefs gelbe, braungerandete Zähne formten sich mit seinen blassen Lippen zu einem breiten Lächeln. Horst stierte auf den schmutzigen Fetzen Jeansstoff, der traurig von der Stuhllehne hing und dessen herunterhängender Ärmel von einem kleinen Schwarm Fliegen umkreist wurden. "Was is nu mit den vierunfuffzig Euros?" Achim kniff die Augen zusammen und nagelte Horst mit seinen Blicken an die holzgetäfelte Wand. "Mann, Achim. Ich bin im Moment bissl klamm…vielleicht…nächste Woche?" stammelte Horst verlegen. Die Augen des Wirts wurden noch eine Spur schmaler. "Zwanzig sofort, der Rest nächste Woche!" Horst war erleichtert. "Danke" murmelte er und bestellte ein Bier während er gleichzeitig versicherte, dieses sofort zu bezahlen. Die Kumpels waren hier doch nicht so übel. So etwas wie ein Familiengefühl überkam Horst, jenes wohlig-warme, dass er in den letzten Jahren kaum noch gespürt hatte. Dieses Gefühl von damals, als seine Tochter zur Welt kam.

"Hey, Alter, was träumsten so?" die von viel Nikotin und noch mehr Kräuterlikören abgehärtete Stimme seines Freundes Peter drang an sein Ohr und riss ihn aus seiner gefühlsseligen Stimmung. "Nu glotz nich so, gib lieber ein Bier aus." Eine Wolke aus altem Schweiß, Zigarettenqualm und Knoblauch umfing Horsts Nase. Peter ist ein Schwein, dachte er. Stets die gleichen Klamotten, dreckig und stinkend. "Der soll erstma seine Schulden bezahln." kicherte Detlef, der emeritierte Busfahrer so laut, dass ein paar Tische weiter zwei ältere Herren aufschraken und in ihre Richtung schauten. "Wenn ihr mich gestern nich so ausgenomm hättet…!" Horts Herz schlug plötzlich bis zum Hals. "Na ma ruhig, was könn mer dafür, dass Du nüscht verträgst?" Die letzen Worte hörte Horst nicht mehr. Er lag am Boden.

Die Stadt VIII

In den Wintermonaten ist man seitens der Verantwortlichen rührend darauf bedacht, den frisch gefallenen Schnee an Ort und Stelle liegen zu lassen. Zum einen sieht es schön aus, wie die weiße Pracht manche Unzulänglichkeiten wie Schlaglöcher oder Müllhalden abdeckt, zum anderen fördert das gemeinsame Staustehen im Berufsverkehr die Kommunikation zwischen den Bürgern. Auch wird der Abenteuergeist gefördert, ist es doch an diesen Tagen ein halsbrecherisches Unterfangen, unbeschadet durch die Stadt laufen zu können. Nachdem Natur und Einwohner das Gröbste beseitigt haben, wacht der städtische Winterdienst auf und hält seine Bereitschaft bis weit ins Frühjahr hinein offen. Peinlich bemüht, die Nebenstraßen unbeachtet zu lassen.

Üble Verleumder sagen zwar, man müsse doch nur auf den Wetterbericht hören und auch aus den Fehlern der vergangenen Jahre lernen, doch die Angestellten der Stadtwirtschaft fechten solche Argumente nicht an und so wiederholt sich Jahr für Jahr das gleiche Schauspiel.

Episode 9 - Alltag

Tsuden wischte sich das Fett vom Mund. Eingesunken in die lederne Sitzecke, die sonst nur den Stammgästen vorbehalten war, verzehrte sie gierig die Reste des kalten Buffets, die sich auf den Tellern und Platten verloren. Das Klassentreffen war kommerziell gesehen ein Erfolg. Leider hatten die Veranstalter vergessen, vorher zu erwähnen, dass es sich bei den Teilnehmern durchweg um ältere Herren handelte, die vor vielen Jahren einmal gemeinsam die Schulbank in der Berufsschule für Bergbau in der Stadt gedrückt hatten. Und so war es weniger ein Treffen im kommunikativen Sinn, sondern eher ein gemeinsames Kampftrinken. Und Tsuden mittendrin. Nach hinreichend Bier und Schnaps wurden die Witze anzüglicher, die Berührungen häufiger und zuletzt musste sie sich vehement gegen die tatschenden Hände wehren. Schließlich wurde es Hardy sogar zu bunt und er brach die Veranstaltung ab. Das Trinkgeld, ein paar Münzen, zugesteckt von runzligen Fingern, drückte in Tsudens Hosentasche. Und wie immer wenn sie ihren Frust nicht beherrschen konnte, fing sie an zu essen.

"War ganz schön heftig heute." Hardys Worte klangen mehr nach einer Feststellung als nach einer Frage. "Wie konnste die Typen überhaupt annehmen?" Sie schluckte einen großen Bissen Fleischsalat hinunter. "Die haben doch am Nachmittag schon mit Schnaps angefangen." Nestelnd an einem schmutzigen Geschirrtuch kam Hardy näher und sah sie an. "Mädchen, was soll ich denn mach´n. Der Laden läuft seit der höheren Mehrwertsteuer beschissen genug, da kann ich mer die Gäste nicht raussuchen. Und Du willst doch ooch Dein Geld." Leise Worte. Tsuden blickte zu dem stämmigen Mann auf. Sie wusste, dass er Recht hatte. "Aber beim nächsten Mal kannste Simone bedienen lassen." Simone war eine korpulente Mittdreißigerin, platinblond, blöd und schwitzte ständig. Sie wohnte im Plattenbau um die Ecke und half aus, wenn Tsuden nicht da war. "Du bist doch meine Beste."

schmeichelte Hardy. "Dann kannste mich auch fest einstellen, da hört die Heimlichtuerei auf." Sie hatten ein Übereinkommen getroffen, dass bei etwaigen Überprüfungen Tsuden angeben sollte, sie sei Hardys Cousine und arbeite hier unentgeltlich. "Aber denk doch an die Krankenkasse und die Steuer, da bleibt doch für Dich nichts übrig." Man brauchte kein Betriebswirtschaftsstudium, um diese Aussage zu bestätigen. "Haaardy, ich muss Dich noch was fragen. Aber ich trau mich nich." "Brauchst wohl Geld." Es klang nicht vorwurfsvoll. "Etwas." "Wie viel?" "Zweihundert, äh zweihundertfuffzig wärn gut." "Also wie viel nun?" "Zweihundertfuffzig, als Vorschuss." Wortlos ging Hardy zur Kasse, nahm fünf braune Fünfzig-Euro-Scheine heraus und ließ sie auf den Tisch fallen. "Das muss ich Dir nächsten Monat abziehen." Er hätte es nicht sagen brauchen. "Danke!" Sie stand auf. "Ich mach mal noch die Toiletten sauber." Aber Hardy hatte sich bereits wieder dem Geschirr zugewandt, das sich auf den Tischen stapelte. Ihr war flau im Bauch, was nicht nur an den vollgekotzten Kloschüsseln lag, die ihrer harrten.

Gegen vier Uhr früh fiel sie todmüde in ihr Bett. Das Geld, sorgfältig abgezählt, klemmte unter dem Aschebecher. Wenigstens das war erledigt. Wie durch einen Schleier sah sie träumend Göran auf sich zukommen. Dunkler Anzug, Krawatte, entwaffnendes Lächeln. Seine Hände griffen nach ihr. Sie machte sich bereit. Willig.

Ein fürchterlicher Knall ließ sie hochschrecken. Erzürnt darüber, aus ihren sich gerade anbahnenden erotischen Träumereien gerissen zu werden, schob sie ihren Kopf zwischen die Gardine. Gegenüber hatte ein LKW einen riesigen Stahlcontainer platzieren wollen. Dabei war die Aufhängung gerissen und der Boden des Ungetüms lautstark aufs Pflaster geschlagen. Sie wollte sich gerade wieder hinlegen, da fiel ihr Blick auf die Uhr. Halb zehn durch. ´Oh, mein Gott!` Schreckensbleich wankte sie ins Bad. In einer halben Stunde wollte der spindeldürre Typ von gestern wieder vorbeikommen. Aber nun hatte sie ja das Geld. Kaum war sie in ihren dunkelgrau-violetten Polyäthylenjogginganzug geschlüpft, als schrill die Türklingel läutete. Einsilbig bot sie dem Männchen einen Platz an. "So, da wolln wir mal. Ich bekomme von Ihnen sechshundertvierundfünfzig Euro. Bei Nichtzahlung…" "Holen Sie das Zeug hier ab." fiel Tsuden ihm ins Wort. Dabei spürte sie seine unappetitlichen Blicke auf ihren Brüsten ruhen. Ihre anfängliche Erleichterung wich einer tiefen Traurigkeit als sie das Geld auf den blankgewischten Stubentisch zählte. "Danke, bitte hier und hier unterschreiben. Und wenn Sie mal Fragen haben, hier ist meine Karte." Das Männchen blickte unverwandt auf ihre Brust. ´Die Kerle sind alle gleich.´ Sie sah die Geilheit in seinen Augen und musste schmunzeln. Der Typ würde unter ihr zusammenbrechen. Als hätte das Männchen ihre Gedanken erraten, errötete er, stand abrupt auf und ging aktentaschentragend zur Tür. Tsudens Augen sahen die graubraunen Hosenbeine, die fahnengleich seine O-Beine umwehten. An der Wohnungstür ein lascher Händedruck, geradeso als greife man in einen feuchten Schwamm. "Und wenn Sie mal Fragen…" "Jaja, ich hab ja Ihre Karte." Tsuden war erleichtert. Und sie nahm sich vor, ab heute ihre Finanzen besser zu ordnen und sparsamer zu sein.

Stunden später stand sie im größten ortsansässigen Kaufhaus. Dessousabteilung. Eigentlich könnte sie ja mal was Neues gebrauchen, wegen Göran zum Beispiel. Wie die meisten Frauen war auch Tsuden der irrigen Meinung, allen Männern würde der Speichel im Munde zusammenlaufen, wenn sie eine Frau in Dessous vor sich sähen. Und wie die meisten Frauen überschätzte sie ihr Aussehen in ebensolchen. Ihr dicker Hintern, cellulitebesäumt, bot in den knapp sitzenden Höschen, deren Ränder sich in ihr weißes Fleisch eingruben, ein eher groteskes Bild. Bedauerlicherweise gestattet es die Natur den Menschen nicht, sich von hinten zu betrachten. Viele wenig schmeichelhafte Anblicke würden allen erspart bleiben und nicht wenige Frauen, sähen sie nur einmal ihre Rückseite, spendeten ihr Geld dann doch lieber für das Rote Kreuz, als es für Miederwaren, Tangas und dergleichen auszugeben. Tsuden focht das alles nicht an. Sie hatte beschlossen, sich zu belohnen. Diesmal nicht mit einem Sahnetortenexzess, sondern mit Dessous – den roten da hinten auf dem Ständer. Hoffentlich hatten sie die in ihrer Größe.

Die Stadt IX

Die Stadtbevölkerung ist hoffnungslos überaltert. Rollatorbewehrte Senioren schieben sich quälend langsam durch die Straßen und verdünnen das Bild der gleichgültig dreinschauenden Beschäftigungslosen und der dunkelhäutigen Neubürger. Ihre erdockerfarbenen Gewänder tarnen sie und verleihen ihnen gleichzeitig Homogenität. Und wenn sie sich nicht gerade in den Arztpraxen der Stadt versammeln, trifft man sie in den öffentlichen Verkehrsmitteln, wo man Ohrenzeuge ihrer gesamten Krankengeschichten werden kann.

Die Zahl der Pflegeheime hält kaum Schritt mit der Demographie. Die Abschiebung ins Heim, früher eher die Ausnahme, ist in Ermangelung gesunder familiärer Strukturen zum Regelfall geworden. Der Verlust des Menschenrechtes auf einen würdevollen Tod inbegriffen. Betreut von unterbezahlten Umschülern aller Altersgruppen sind die Abgeschobenen nunmehr Kostenfaktor für die Pflegeversicherung und stete Einnahmequelle der zahlreichen Pflegedienste.

Episode 10 - Medizin

Reges Treiben und widerhallende Worte ließen Host erwachen. Seine tränenmüden Augen erblickten etwas Helles, Gleißendes, was von oben direkt auf ihn herunter schien. "Er ist wach." Es klag sachlich. Eine blau gekleidete Frau beugte sich über ihn. Er sah ihre Augen, die ihn halb fragend, halb erstaunt musterten. Erst jetzt wurde ihm bewusst, dass er sich kaum bewegen konnte. Irgendetwas steckte in seinem Hals und würgte ihn, sein rechter Arm war festgebunden und in die Geräuschkulisse mischte sich ein zischend-fauchendes Geräusch. "Wir werden jetzt den Tubus herausziehen." klang es aus der Frau, die sich immer noch an seiner Brust zu schaffen machte. Und ohne eine Antwort abzuwarten ergriffen zwei haarige Hände den Schlauch und zogen ihn schmatzend aus Horsts Rachen. Bellender Husten begleitet von stechendem Brustschmerz ließen seine Sinne erwachen. "Sie hatten wahrscheinlich einen Herzinfarkt. Wir müssen Sie ein paar Tage hier behalten." "Wie…Herzinfarkt?" Das stechende Gefühl in der Brust gab unmittelbare Antwort. Horst musterte seine Umgebung. Rechts neben ihm stand ein Turm mit übereinander gestapelten Geräten, Bildschirmen und Kabeln. Piepsende Geräusche und blinkende Lampen irritierten ihn. Mehrere durchsichtige Schläuche mündeten in seinen rechten Unterarm und seine Brust war über und über mit blau-weißen Elektroden beklebt. "Wohl etwas zu viel getrunken?" Der hämische Unterton in der sonoren Bassstimme war nicht zu überhören. Ein drahtiger Typ mit randloser Designerbrille trat an sein Bett. "Tja, so ist das eben, wenn man sein Maß nicht kennt." Es klang teilnahmslos. Die Brille wandte sich den Geräten zu, gab einige kurze, für Horst unverständliche Anweisungen an die blaue Frau und entschwand. "Wie lange bin ich schon hier?" hörte Horst sich sagen. "Etwa vier Stunden. Der Rettungswagen hat Sie gebracht. Es sah gar nicht gut aus." Die Schwester rückte seine Decke zurecht und spritzte eine hellgelbe Flüssigkeit in einen der Schläuche. "Wer war`n das gerade?" "Unser Oberarzt. Jetzt ruhen Sie sich erst mal aus und morgen machen wir dann den Herzkatheter." Irgendwie hörte sich das nicht gut an. "Was is′n Herzkatheter?" "Da wird eine Sonde in die Herzgefäße geschoben und geschaut, was kaputt ist." Der Gedanke an diese Prozedur trug nicht gerade zu Horsts Wohlbefinden bei. "Kann ich was trinken?" "Ich komme gleich nochmal, hier ist die Klingel." Die blaue Schwester drückte ihm ein Stück Plastik in die Hand und ehe er noch weitere Frage stellen konnte, war sie seinen Blicken entzogen.

Horst versuchte sich zu erinnern. Bruchstückhaft fiel ihm Peters erstauntes Gesicht ein, dass sich über ihn beugte. Mehr wusste er nicht. Er hatte zwar schon gehört, dass es mit solchen Herzgeschichten schnell gehen konnte aber gleichzeitig immer geglaubt, ihm würde sowas nicht passieren. Alles tat ihm weh und angesichts der vielen Schläuche und Drähte, die seinen Körper bedeckten, traute er sich zu keiner erleichternden Bewegung. Jedes Körperzucken wurde mit einem piepsenden Geräusch der Geräte und einem strafenden Blick der umher eilenden Krankenschwestern quittiert, die sich an den drei anderen Betten oder besser deren Insassen zu schaffen machten. Horst musterte aus den Augenwinkeln seinen Bettnachbarn. Da war ein dicker Mittsechziger, bartstoppelig und mit eingefallenen Wangen, die so gar nicht zu seinem dicken Bauch passen wollten. Ein grün-weißer Schlauch steckte in seinem Mund und unter einem Geräusch, welches an ein sich periodisch öffnendes Ventil erinnerte, hob und senkte sich sein Brustkorb. Gegenüber bäumte sich unter Ächzen ein junger Mann auf, als die blaue Schwester und der Mann mit der Brille irgendetwas an ihm machen wollten. Horst hatte genug gesehen und schloss seine Augen wieder. Krankenhäuser waren von je her eine Horrorvorstellung für ihn. Mit Unbehagen dachte er an seine Kindheit, als ihn seine Mutter wegen einer Scharlachinfektion in der städtischen Kinderklinik abgab. Dieser augenstechende Geruch und die abendlichen Spritzen. Horst bekam Gänsehaut.

"So, jetzt legen wir Sie auf Station." Eine jüngere Schwester mit großem Hintern sagte die Worte mit gleichgültigem Grundton und werkelte an den Schläuchen. Als sie sich über ihn beugte, roch er ein süßliches Parfüm, welches sich mit Nikotinausdünstungen mischte. `Eine Kippe wär jetzt nicht schlecht.` dachte Horst, wurde aber durch den stechenden Schmerz in seiner Brust eines Besseren belehrt. Am Fußende des Nachbarbettes unterhielt sich der Bebrillte mit einer ältlichen Frau. Wortfetzen wie "Insuffizienz", "dekompensiert" und "diastolisch" klangen an sein Ohr. Er verstand zwar deren Bedeutung nicht, aber sie hörten sich nicht besonders aufmunternd an.

Plötzlich allgemeine Geschäftigkeit. Eine Trage mit einem blassen, hageren Mann in den Vierzigern wurde reingeschoben. Sein linker Arm hing leblos an der Seite herunter. Mit routinierten Handbewegungen packten ihn die Weiß- und Blaugekleideten und hievten ihn in ein Bett. Eine Frauenhand zog einen Vorhang zu und somit konnte Horst nur noch an den lauter werdenden Anweisungen und der hektischen Geschäftigkeit ahnen, dass es nicht zum Besten stand mit dem Zustand des Neuankömmlings. Schließlich vernahm er ein surrendes, in Ton und Frequenz steigerndes Geräusch, begleitet von den Worten "Dreihundert", dann "Vierhundert". Dann Stille. "Exitus".

Die Stadt X

Wie in der großen, so gehört auch in der kommunalen Politik geschicktes Lavieren und Lügen zur Tagesordnung. Vor Jahren stand in der Stadt ein verlassener Bankneubau zur Disposition. Das damalige Stadtoberhaupt, ein etwas kleinwüchsiger Wessi, kam auf die Idee, daraus ein Kunsthaus von mindestens europäischer Geltung zu machen. Einige Jahre zuvor wurde ebenfalls auf seine Initiative hin vor den Stadtnamen der Name eines eher mäßig bekannten Malers gesetzt, der das Pech hatte, in der Stadt geboren zu sein und ein paar Jahre hier gelebt zu haben. Nicht dass sich dadurch etwas geändert hätte, lediglich die offiziellen Briefbögen sahen mit dem neuen Stadtlogo etwas freundlicher aus, während die Nachbarstädte hinter vorgehaltener Hand mitleidig lächelten. Das Kunsthausprojekt sollte nun Teile der Hinterlassenschaft des Malers beherbergen, obwohl wenige Kilometer östlich eine andere Stadt bereits die weltgrößte Sammlung seiner Werke besaß. Das hässlich graue Bankgebäude wurde dennoch zu einem irrationalen Preis erworben und harrte nun weiterer Fördermittel von Bund und Land, während jährlich eine fünfstellige Summe aus dem Stadthaushalt für die Betriebskosten aufgebracht werden mussten.

Der kleine Oberbürgermeister hatte vor alldem versprochen, es würde alles zusammen nicht mehr als ein paar Euro kosten. Lügen haben bekanntlich kurze Beine. Die Jahre zogen ins Land. Schlussendlich wurde das Haus an einen Gesundheitskonzern veräußert, der eine kleine ortsansässige Fachhochschule betreibt. Fortan feierte man sich in der Stadt ob dieses Coups, nicht beachtend, dass man eine Brache beseitigt aber gleichzeitig eine neue eröffnet hatte. Das Haus, welches die Fachhochschule ehemals beherbergte, stand jetzt leer. Na und? Leerstand hat schließlich Tradition in der Stadt, wie man an der Menge der leeren und langsam verfallenden Gebäude unschwer erkennen kann.

Episode 11 - Geschlossen

"Wegen Krankheit geschlossen." Wie versteinert stand Tsuden vor "Hardys Ecke". Sie war extra eine Stunde eher hergekommen, um die letzten Spuren des gestrigen Kampftages der ehemaligen Bergleute zu beseitigen. Die Tür war verschlossen. Tsuden spähte durch ein Fenster. Der Gastraum war leer und, als ob es noch eines sicheren Zeichens bedurfte, auch der schrill gelb-rote Schriftzug über dem Tresen war nicht beleuchtet. Während sie noch um die Kneipe herumschlich, hörte sie eine bekannte Stimme ihren Namen rufen. Atze kam schlendernd auf sie zu. "Na Tsuden, haste nich mitgekriegt, dass Hardy krank is? Seine Frau wollt Dich doch anrufen. Ich hab sie vorhin im Konsum getroffen. Wahrscheinlich hat Hardy was mit'm Herz." Tsuden blickte verstört in Atzes fahles Gesicht. "Mein Gott, ich hab das Handy vorhin leise gestellt." Das Display war dunkel. "Scheißding!" Tsuden schaltete das Telefon ein und suchte Hardys Privatnummer. Nervös drückte sie die Ruftaste. "Frau Rost, Tsuden hier. Was is mit Hardy?" "Hallo Tsuden, ich bin grad auf dem Weg zu ihm. Gegen früh war ihm schlecht. Sie wissen ja, dass er nicht zum Arzt geht. Aber es wurde immer schlimmer. Da hab ich den Notarzt geholt und der hat ihn mitgenommen. Wegen der Abklärung." "Wo liegt er denn?" "Na im Wiesenklinikum, auf der Hildegard von Bingen." "Wo?" Tsuden dachte, Hardys Frau machte einen albernen Scherz. "Na diese Stationen heißen doch jetzt alle nach irgendwelchen Leuten." wurde sie gleichwohl belehrt. Frau Rosts Stimme klang gereizt. "Ich muss jetzt Schluss machen, schönen Tag noch."

Atze trat verlegen von einem Bein aufs andere. "Tsuden, hast Du nicht noch nen Schlüssel? Nur ein Bier, isso kalt hier draußen. Und Robert kommt och gleich." Irritiert ob dieses Ansinnens blickte Tsuden wechselweise auf die Eingangstür und zu Atze. Klar, sie hatte einen Ersatzschlüssel. Der lag aber wohlverwahrt in ihrem Nachttischkasten. Was sollte sie jetzt tun? Einerseits wollte sie das Geschäft am Laufen halten, andererseits besaß sie keine

Erlaubnis von Hardy und auch keinen Kassenschlüssel. "Mein Schlüssel ist zu Hause." "Da liegt er gut." murrte Atze. Er wollte gerade einen seiner belehrenden Monologe anstimmen, als Robert, sichtlich mitgenommen, um die Ecke bog. "Mann is mir schlecht!" Robert sah grün aus. Seine immer dunklen Augenränder erschienen heute noch eine Spur dunkler. "Trink erstmal nen Schnaps." Atzes Universalgesundheitsratschlag wurde mit einem gequälten Lächeln quittiert. "Keen Schnaps. Ich glob, ich muss zum Arzt." "Quatsch, der kann och nich helfn." Atze sah sich bereits seines Saufkumpanen beraubt, was seine Verhandlungsposition Tsudens gegenüber nicht unbedingt stärkte. Auch wenn sie die beiden nicht leiden konnte, taten sie ihr irgendwie leid. "Also, Atze, Du gehst mit Robert zum Doktor. Ich hol´ in der Zeit den Schlüssel und mir treffn uns hier später." Sie war selbst erschrocken ob ihrer resoluten Äußerung. Atze und Robert gafften etwas verwirrt, machten sich aber auf den Weg.

Kaum waren sie abgebogen, hielt ein großer schwarzer BMW direkt neben ihr. "Guten Tag, Tsuden." Göran amüsierte ihr Erröten. "Äh, ja…hallo Göran. Machst´n Du hier?" "Ich wollte Dir mal nen Besuch abstatten." Sein breites Grinsen ließ sie noch röter werden. `Gut sieht er wieder aus`. Und als ob er ihre Gedanken erraten hatte, reckte er sich noch ein wenig, rückte seine quittengelbe Krawatte zurecht und ließ seinen Arm betont lässig aus dem Fenster baumeln. "Ihr habt wohl heute zu?" "Äh…nein….äh ja." "Dann können wir beide doch was trinken fahren." Er machte eine einladende Handbewegung. "Aber…ich mach dann auf…und Gäste kommen auch." Göran lächelte unbeirrt weiter. "Meinst Du etwa die zwei Schnapsvögel von vorhin? Die können doch woanders sich besaufen." Tsuden verfluchte ihre Zusage an Atze und Robert. Aber eigentlich hatte Göran recht. Und außerdem war sie völlig untersext. Ihn würde sie ohne weiteres ranlassen. "Okay. Wohin fahrn wir?" "Ich muss nochmal schnell ins Büro und dann wohin Du willst." Behände schwang sich Tsuden auf den Beifahrersitz. Wenn sie jetzt ihre Cousine sehen könnte – neidisch wäre sie. Sowas wie Göran hatte sie nicht zu bieten. Ein Lächeln huschte über ihr Gesicht, als sie sich Kerstins gierigen Blick ausmalte. Mit überhöhter Geschwindigkeit jagte Göran durch die Stadt und parkte schräg vor einem frisch sanierten Villengebäude. "Willste hier im Auto bleiben?" Ohne eine Antwort zu erwarten jagte er die Stufen zur bronzebeschlagenen Eichentür hinauf. Tsuden sah ihm nach.

Paar Minuten später saßen sie sich im vermeintlich besten Café der Stadt gegenüber. Während Tsuden in sein Gesicht schaute, schwirrten Görans Blicke unstet umher. Er fragte sie über ihren Job aus und sie gab bereitwillig Antwort, auch darüber, dass sie bei Hardy schwarz arbeitete. Während des ganzen Gesprächs wich das Grinsen nicht aus seinem Gesicht. Sie fühlte sich wohl. Es waren Ewigkeiten vergangen als sie das letzte Mal mit einem gutaussehenden Mann ausging. Allein ihr Aufzug machte sich neben Görans Designeranzug nicht sonderlich gut aus. Sie hatte heute zu dem betont engen dunkelblauen Topp gegriffen und trug dazu ihre schwarze Lieblingshose. Lieblingshose deshalb, weil sie einen Dehnbund und einen hohen Elastananteil hatte und sich somit ihren figürlichen Veränderungen anpasste. Glücklicherweise hatte sie nicht ihre schwarze Trainingshose mit den drei weißen Streifen an, die sie manchmal aus Bequemlichkeit überstreifte, wenn sie auf Arbeit ging. Sie genoss die Blicke der anderen weiblichen Gäste, die erst Göran und dann sie musterten. Irritiert war sie jedoch, als ein gutaussehender Blonder an ihrem Tisch vorbeilief und etwas anzüglich "Na Süßer!" in Görans Ohr hauchte. "Wer war'n das?" "Ach, das war Axel. Stockschwul." bekam sie kurz Auskunft und beschied sich damit. "Soll ich Dich noch heimfahren?" Die Aussicht auf baldigen Geschlechtsverkehr jagte Tsuden einen wohligen Schauer über den Rücken und sie nickte erfreut.

Die Stadt – XI

Wie in den meisten deutschen Städten ist man auch in der Stadt der irrigen Ansicht, mit einer hohen Ampeldichte den Verkehr regulieren zu können. Während jedoch in anderen Gemeinwesen die Verkehrsplaner die Vorzüge der "Grünen Welle" entdeckt haben, wird hier durch häufiges Verweilen stinkender Dieselfahrzeuge an den Lichtsignalanlagen ein smogiges Großstadtklima erzeugt und gleichzeitig jedem Fahrzeugführer die Möglichkeit gegeben, die baulichen Errungenschaften in der Stadt genauso ausführlich in Augenschein zu nehmen wie die zugewachsenen Bürgersteige und die Ruinen am Straßenrand. Nicht nur an der Peripherie erreichen die Schlaglöcher beachtliche Dimensionen und machen besonders das Zweiradfahren zu einem abenteuerlichen Erlebnis. Doch dies ficht die Stadtväter nicht sonderlich an - woanders soll es ja noch schlimmer sein. Und überhaupt, die paar Leute, die in den nächsten Jahren noch hier wohnen werden, benötigen aus Altersgründen und somit aus Ermangelung von Beweglichkeit ohnehin keine Straßen oder Gehwege mehr.

Ähnlich sieht es mit den Brücken aus, von denen einige nur noch in leicht erhöhter Schrittgeschwindigkeit befahren werden können. Das trägt seht zur Entschleunigung des Verkehrs bei, wenngleich sich dadurch die Arbeitswege der Werktätigen erheblich verlängern.

Episode 12 - Schnell raus hier

Kaltblaues Mondlicht schien zum Fenster rein. Horst hatte die letzten Stunden mehr vor sich hingedämmert als wirklich geschlafen. Das piepsende Geräusch des Geräteturms neben ihm machte Schlaf fast unmöglich. Zudem wurde vor einer Stunde der dicke Mann, den er von der Intensivstation kannte, herein geschoben. Diesmal ohne Schlauch im Mund, dafür mit noch mehr piepsenden Geräten. Neidisch schaute Horst auf seinen anderen Bettnachbarn, der unbeeindruckt vom Umgebungsgeräusch laut schnarchend auf dem Rücken lag. Von draußen drangen gedämpft schlurfende Schritte, Gemurmel und manchmal auch ein lauter Fluch herein. Es roch nach Bettwäsche und Kampfer. Horst träumte. Eine schweinchenrosa Jacke verfolgte ihn, ihre leeren Ärmel versuchten, ihn zu fassen. Wegrennen nützte nichts. Schnellen Schrittes stürmte er auf eine offene Tür zu, die krachend hinter ihm ins Schloss fiel. Ein pausbäckiges Gesicht, zur Fratze entstellt, baute sich vor ihm auf.

"Na, der ist aber ganz schön hoch!" Ehe sich Horst besann, spürte er, wie sein linker Oberarm eingeschnürt wurde und eine weiße Gestalt sich vom gleißenden Neonlicht abhob. "zwohundert zu hundertvierzig" konstatierte sie und entschwand. Er hatte Mühe, seine Augen an das Licht zu gewöhnen. Sein Bettnachbar schnarchte unverdrossen weiter. "So, jetzt piekst es mal." Die weiße Gestalt entpuppte sich als dürre Frau in den Vierzigern, die mit einer Spritze bewaffnet Anstalten machte, Horsts Hinterteil freizulegen. Sein "Aua!" verhallte ungehört. "Was war'n das?" stöhnte Horst. Aber die weiße Frau hatte das Zimmer schon wieder verlassen. Im Nachbarbett regte sich etwas. "Was is'n das für ne Scheiße?" Es klang mehr feststellend als fragend. Anstatt einer Antwort wurde die Tür aufgerissen und ein weiteres Bett hereingebracht. In diesem lag ein bartstoppeliges Gesicht, dessen tiefrote Farbe in krankem Kontrast zur weißen Bettdecke stand. Der Brillenmann und die die Dürre hantierten routiniert an den Bildschirmen, die mittels bunter Kabel mit dem Liegenden verbunden wurden. Horst sah ihre ausdruckslosen Gesichter und musste fast lächeln, als das Rotgesicht sich plötzlich herumwarf und sich dabei die wohlgeordneten Kabel von seinem Körper riss.

"Was is'n hier eigentlich los?" ließ sich der Nachbar erneut vernehmen. "Zu Ihnen kommen wir später." Der Brillenmann hatte nicht einmal seinen Kopf gewandt. "Das ist hier ein ganz schöner Sauladen." Die Stimme des Dicken klang fast amüsiert. "Ich bin der Hardy." Ein etwas schiefes Grinsen zeichnete sich um seinen Mund. "Horst...Horst." Es klang matt. "Die haben mich einfach hier rein geschoben und an die Dinger angeschlossen." Hardy wies auf die blinkenden Monitore, die ihn umgaben. "Und Durst habe ich auch." Bei diesem Satz spürte Horst, dass sein Mund brannte. Seine Zunge klebte wie ein dicker, wunder Klops an seinem Gaumen und allein der Gedanke an eine kühles Bier machte ihn unruhig. "Ich könnte jetzt ein Bier vertragen." "Tja, wenn mir jetzt in meiner Kneipe wärn, hätten mir genug zu trinken." Hardy grinste noch schiefer. Der Neuankömmling im Nachbarbett röchelte als wollte er sich am Gespräch beteiligen. Horst dämmerte vor sich hin, Gespräche konnte er jetzt gerade nicht gebrauchen. Er schloss die Augen und da war wieder das Schweinchenrosa und dicke Brüste drohten ihn zu ersticken.

Stunden später erwachte er. Sein Bettnachbar Hardy schlief fest. Das vierte Bett war wieder verschwunden. Horst wunderte sich, wie schnell hier alles ablief. Er fühlte sich besser. Nur der dicke Klops in seinem Mund war noch da. Kaum wollte er den Klingelknopf in seiner Linken betätigen, da fingen die Geräte am Nachbarbett an, einen unangenehmen Krach zu machen. Es piepste und blinkte in einem fort. Horst sah, wie Hardy sich plötzlich unruhig hin und her warf. Dabei riss er sich einen der Schläuche, die in seinem Handrücken endeten, heraus. Ein dünner Blutfaden ergoss sich auf den glänzenden Boden. Die vehement aufgestoßene Zimmertür erschreckte Horst zutiefst. Die Dürre und der Bebrillte stürzten ins Zimmer. Bewaffnet mit einem kleinen Arsenal an

Spritzen, welche sie nacheinander in die Schläuche jagten, bemühten sie sich, Hardy wieder zur Ruhe zu bringen. Nach und nach ebbten die quälend piepsenden Geräusche ab und machten einem tiefen Brummen Platz. "Was is´n mit ihm los?" wollte Horst von einem der jungen Männer wissen, die Hardy jetzt wieder neu betteten. "Keene Ahnung." war die Antwort bevor sich die Tür wieder hinter ihnen schloss. Horst schaute hinüber und sah, dass Hardy wieder gleichmäßig atmete. Er hatte die Augen jetzt offen und blickte abwechselnd auf die Geräte und zu Horst. Stumm nickte der ihm zu. Nach einer gefühlten Ewigkeit kam ein junges Mädchen in einem etwas zu großen weißen Kittel zur Tür herein und schaute ihn fragend an. "Ich hab Durst." Horst streckte seine rissige Zunge etwas raus, als wolle er seinen Worten den nötigen Nachdruck verleihen. "Ich bring was." sagte die Kleine.

Nach zwei Tassen Tee, der entfernt an Kamille erinnerte, wurde der Klops in seinem Mund wieder kleiner. Und nachdem ein junger Arzt ihn von fast allen Schläuchen und Elektroden befreit hatte, begann Horst sich beinahe schon wohl zu fühlen. Hier im Krankenhaus. Morgen zur Visite würde er erfahren, wie es mit ihm so weiter ging. "Immer noch besser als daheeme" murmelte er in sich hinein.

Die Stadt XII

Die Stadt ist pleite. Das hält die, die das Sagen haben, jedoch nicht davon ab, irrsinnige Projekte zu verfolgen. Nachdem der Kleine aus Wessiland nicht wiedergewählt wurde, kam in Ermangelung von Alternativen eine etwas dickliche Frau mit altmodischer Frisur auf den Posten des Oberbürgermeisters. Der Wahlkampf war nicht ganz fair. Gegenseitig Verunglimpfungen und das vor Wahlen schon traditionelle Lügen zeugten weder von einem besonderen Stil noch von sonderlichem Anstand. Die Frau, vormals in einem großen Amt tätig, zeigte alsbald eine derartige Führungsschwäche, dass selbst hartgesottene Kommunalpolitiker hinter ihrem Rücken die Stirn in tiefe Falten legten. Eines jedoch vergaß sie nicht: Mancher, der ihr geholfen hatten, wurden mit einem Posten bedacht. Auch Diejenigen, die im Wahlkampf den bisherigen Amtsinhaber beleidigt und verunglimpft hatten, wurden mit gut dotierten Aufträgen belohnt.

Mit der neuen Oberbürgermeisterin ging es in der Stadt vollends bergab. Die desaströse Finanzlage ließ keine Investitionen mehr zu und gleichzeitig drohte die Eingliederung in einen Großkreis. Die Stadtoberen befiel panische Angst, mussten sie dann doch um ihre Aufsichtsratsposten und Sitzungsgelder bangen. Die OB hingegen wurde nicht müde, bei jeder sich bietenden Gelegenheit die Vorzüge der Stadt zu loben. Zumeist sahen sich die Zuhörer dann befremdet an und fragten sich, ob tatsächlich von *der* Stadt oder gar einen anderen die Rede war.

Episode 13 - Versichert

Die Wohnungstür fiel mit einem dumpfen Schlag ins Schloss. `Gut, dass ich noch aufgeräumt hatte.` Tsudens Blicke irrten in ihrem Wohnzimmer umher. Göran hatte es sich auf der Couch bequem gemacht und musterte sie. "Willste `n Kaffee?" "Gern doch!" Sie hantierte in der Küche an ihrer alten Kaffeemaschine Marke VEB Elektrogeräte Berlin. "Nett hast Du´s hier." sagte Göran trocken. "Bist Du eigentlich auch gut versichert?" Blöde Frage dachte Tsuden. "Versicherung? Wozu?" "Na Du musst doch die Sachen hier versichern. Und hast Du eigentlich eine Altersvorsorge?" Sie erinnerte sich. Damals mit Volker, ihrem Ex, hatte sie eine Lebensversicherung abgeschlossen. Was daraus geworden ist, wusste sie aber nicht mehr. Sie servierte den Kaffee, wohl darauf bedacht, Göran die vollere der beiden Tassen zu geben. "Milch?" Anstatt einer Antwort nahm Göran ein blütenweißes Blatt aus seiner Tasche. "Also pass mal auf. Hier, das ist Deine Lebenslinie. Und das ist der Betrag, den Du als Rente zu erwarten hast." "Nur zweihundertfünfundsechzig Euro und sechsundfünfzig Cent?" Darüber hatte sie noch nie richtig nachgedacht. "Das ist nur eine Schätzung. Du bist jetzt...äh...knapp vierzig Jahre alt." Ein wohliger Schauer durchströmte sie bei diesen Worten. "Na, ein wenig älter schon." hauchte sie, bemüht ihre aufsteigende Gesichtsröte zu unterdrücken. "Sieht man aber nicht." Görans weiße Zähne bleckten. "Also, jedenfalls solltest Du was tun. Ich meine so versicherungsmäßig." Tsuden blickte etwas verdutzt drein. Eigentlich war sie mehr auf Kopulation als auf Versicherung aus. "Meinste? Ich verdien ja fast nüscht." "Gerade deswegen musst Du was wegtun. Du bekommst doch bestimmt von Deinem Chef ein paar Euro - so unter der Hand. Oder?" Tsuden wurde unwohl. "Das stimmt nicht...nur das Fahrgeld." Görans Blick wurde ernst. "Tsuden" sagte er, dabei blickte er sie fest aus seinen stahlblauen Augen an, "Ich weiß doch wie es läuft. Keine Angst, von mir erfährt keiner was. Aber denk doch mal an Deine Rente. Ich hab da was für

Dich." Er wühlte wieder in seiner blaugrauen Aktentasche. "Für nur fünfunddreißig Euro im Monat bekommst Du eine garantierte Rente von fünfhundertsiebenundzwanzig Euro. Vorausgesetzt, Du zahlst regelmäßig die Beiträge. Überleg es Dir schnell." Sein eindringlicher Blick sorgte für Gänsehaut bei ihr und ließ ihre Brustwarzen steif werden. "Wenn De meinst? Hardy will mich ja och fest anstelln." "Na also. Wenn Du Dir im Alter auch noch was leisten willst, solltest Du das machen...hier einfach unterschreiben und die Kontonummer einfügen." Sie tat es mit Blick auf die Linie, die mahnend auf dem Papier stand. Göran lächelte zufrieden als er die Unterlagen verstaute. "Und jetzt?" flüsterte Tsuden mit niedergeschlagenen Augenlidern, während sie ihre Brüste langsam zu Göran hinüberschob. Sie wusste, dass diese Taktik schon fast jeden Mann in ihr Bett gebracht hatte. "Leider muss ich jetzt los." Er stand forsch auf, klemmte seine Tasche unter den Arm und ging Richtung Tür. "Deine Nummer hab ich ja, ich melde mich." Die Tür schlug zu. Tsuden starrte auf das Papier, das irgendwie bedrohlich von ihrem Tisch her leuchtete. ´Dummer Hund.´ dachte sie. Und trübsinnig strich ihre Hand über das ausgeblichene Muster ihrer alten Couch.

Die Stadt XIII

Die Presselandschaft in der Stadt ist ausgesprochen übersichtlich. Meinungsbildend ist ein aus DDR-Zeiten stammendes Blatt, welches mittlerweile einer großen westdeutschen Mediengruppe gehört. Zwar werden die Redakteure nicht müde, ihre Eigenständigkeit zu beteuern, dennoch kann sich der Leser des Gefühls nicht erwehren, dass Berichterstattung und Realität oft auseinanderklaffen. "Wes Brot ich ess, des Lied ich sing". So heißt es ja bekanntlich. Und wenn man um eine kritische Berichterstattung nicht umhinkommt, dann wird die Botschaft meist derart verklausuliert, dass selbst Insider nur schwer zwischen Dichtung und Wahrheit unterscheiden können. Zwar bieten die kleinen und großen Skandale in der Stadt genug Nahrung für investigativen Journalismus, dem Leser wird davon aber nicht viel geboten. Die interessierten Bürger haben daher gelernt, zwischen den Zeilen zu lesen und sich neben den Berichten über den Taubenzüchterverein und den Todesanzeigen ein Bild vom Geschehen in der Stadt machen.

Daneben existieren noch Anzeigenblätter, deren Anspruch weniger in journalistischen Großtaten, sondern im Verbreiten von Werbung und Terminbekanntgaben besteht. So bleibt viel Wahres undokumentiert. Manche freut es, manche nicht.

Episode 14 - Besuchszeit

Horst saß aufrecht auf der Bettkante und starrte zum Fenster hinaus. Es war Sonntagnachmittag, Besuchszeit. Ihn würde eh keiner besuchen. Aus seinem linken Arm baumelte lustlos ein Plastikschlauch, der eine farblose Flüssigkeit in seinen Körper entleerte. Nach mittlerweile zehn Tagen bemerkte Horst etwas an sich, was wohl am ehesten mit dem Begriff `Krankenhauskoller` umschrieben wird. Ihn nervten die maskenhaften Gesichter der Ärzte, das ständige Gehetze, die kurzen, meist unverständlichen Sätze. Ihn nervten das Angehängtsein an irgendwelche Tropfe und Geräte und die täglichen Untersuchungen. Und ihn nervte Hardy, der sich wieder berappelt zu haben schien und ständig jammerte über seinen Umsatzverlust. Zwar hatte er seine Kellnerin telefonisch beauftragt, die Kneipe wenigstens zwei Tage in der Woche zu öffnen, ausreichenden Umsatz würde dies aber nicht einbringen. Gundula, Hardys Frau, eine dünne, etwas hysterische Mittfünfzigerin mit kurzen Beinen und Kaltwellenfrisur, brachte regelmäßig Kuchen, Obst und frische Blumen. Dank ihrer Besuche hatte Hardys Biervorrat in seinem Nachtschrank befriedigende Dimensionen angenommen. Und Horst bekam auch manchmal eins ab, fehlte ihm doch das Geld, selbst welches im krankenhauseigenen Laden zu erwerben.

Heute war wieder Sonntag und Gundula würde sicher wieder für Nachschub an Alkoholika sorgen. "Sau ey, Horst; meine Alte bringt heute ne Flasche Korn mit." Hardy betrat mit Schwung das Zimmer. Sein dunkelblau-schwarz glänzender Trainingsanzug spannte sich über seinem Bauch. "Schade, dass Hubert das nich mehr erleben darf." Hubert war der Dritte im Zimmer gewesen und vor zwei Tagen verstorben. Horst musste dran denken, wie zwei stämmige Pfleger Huberts Körper mit geübten Handgriffen entkleideten, sein Kinn hochbanden und ihn mit einem hellgrünen Tuch bedeckten. Ein paar Stunden später kam seine Enkelin, eine schmale Person undefinierbaren Alters in einem grauen Leinenkleid und mit einer großen Kette um den Hals. Sie machte keinen sonderlich betroffenen Eindruck, packte wortlos die paar Sachen aus Huberts Nachtschrank zusammen und verließ mit einem geflüsterten "Gute Besserung!" das Zimmer. Die angewelkten Blumen auf Huberts Nachtschrank wurden ein paar Stunden später von einer Putzhilfe entsorgt. Horst blickte auf das leere Bett und dachte an früher. Er hatte bisher nur eine Leiche gesehen. Damals. Er war etwa fünfzehn Jahre alt als seine Oma starb. Sie war eine gute Frau gewesen. Während der Ferien kümmerte sie sich um die Horst und seine Geschwister. In Ihrer Küche roch es nach Bratkartoffeln und Kuchenteig. Oft steckte sie Horst ein Bonbon oder eine Tafel Schokolade zu. Und irgendwann lag sie auf dem Sofa. Die Augen geschlossen und die Hände gefaltet. Horst hatte geweint.

Ein lautes "Hardy, wie gehts´n Dir?" schreckte ihn aus seinen Erinnerungen. Die Stimme war schrill und irgendetwas darin erinnerte ihn auf unangenehme Weise an Vergangenes. Er wandte seinen Blick zur Tür. In die schweinchenrosa Jacke gehüllt stand jene dickliche Dame dort, die ihn seit ihrem Zusammenprall vor Wochen in seinen Träumen und Gedanken verfolgte. "Siehst ja schon wieder ganz gut aus." Das Schweinchen war an Hardys Bett getreten und musterte ihn, ohne von Horsts Anwesenheit Notiz zu nehmen. Dieser wandte sich schnell ab, stand auf und schlurfte schnellen Schrittes, den Infusionsständer mit der linken Hand umfassend, durch die Tür. Draußen auf dem Stationsgang holte er tief Luft. Die Sache mit der Versicherung fiel ihm wieder ein. Vielleicht hatte das Schweinchen ja die Angelegenheit vergessen.

Drinnen war eine jener Situationen eingetreten, wenn zwei Erwachsene sich begegnen und sich eigentlich nichts zu sagen haben. Nach den üblichen Begrüßungsfloskeln und Hardys beiläufiger Frage, wie die Geschäfte denn gingen, trat Stille ein. "Na ich werd dann mal wieder." sagte Tsuden und strich sich verlegen über ihre Jacke. "Ja, ja...Du...äh, wir machen das schon. Ich komm bald hier raus." Es klang nicht überzeugend und Hardys blasses Gesicht sprach dabei Bände. Beim Hinausgehen prallte Tsuden mit Gundula, Hardys Frau, zusammen. Deren Augen verkniffen sich und aus ihrem Mund zischte ein "`n Tach" hervor. Vor dem Fahrstuhl wartend wurde Tsuden bewusst, dass sie ohne Anstellung bei Hardy ihre Kosten nicht mehr bestreiten konnte. Von der neu abgeschlossenen Versicherung bei Göran ganz zu schweigen. In diese nicht gerade aufmunternden Gedanken versunken betrat sie den Fahrstuhl, wo es nicht besonders gut roch. Vier Personen starrten stur geradeaus und warteten, dass sich der Fahrstuhl wieder in Bewegung setzen würde. In der Ecke nahm sie einen grauen Bademantel wahr, einer von denen, die mittellosen Patienten vom Krankenhaus gestellt werden. Sie fummelte ihr Handy aus ihrer Handtasche hervor und schrieb an Göran eine SMS: `Wann sehn wir uns?`. Es war schon die vierte dieser Art. Antwort gab es bisher keine. Das Glockengeräusch des haltenden Fahrstuhls riss sie aus ihren Betrachtungen über Männer im Allgemeinen und Göran im Speziellen. Bei Hinausgehen streifte ihr Blick den grauen Bademantel und das bleiche Gesicht, welches oben rausschaute. Und irgendwie kam ihr das bekannt vor.

Horst stieß einen Seufzer der Erleichterung aus. Das rosa Schweinchen hatte ihn nicht erkannt. Er spürte, wie seine Lebensgeister langsam zurückkehrten, ´Ich lass mich morgen entlassen`- dieser Gedanke durchzuckte ihn. Als er jedoch an seinen leeren Kühlschrank und den zu erwartenden Ärger mit dem Amt dachte, fand er seinen Krankenhausaufenthalt auf einmal nicht mehr so betrüblich. Nach dem Abendbrot fragte er Hardy: "Sau ey, wer war´n das vorhin?" "Meine Frau." brummte es zurück. "Nee, nicht Deine Frau; ich meente vorher." "Vorher? - das war Tsuden. Die kellnert bei mir." "Aha." Horst stellte sich das rosa Schweinchen vor, wie es seinen dicken Hintern zwischen den Tischen in Hardys Eck durchschob. Die verdient sich wenigstens mit den Trinkgeldern was dazu. So etwas wie Neid stieg in ihm auf. "Hier, trink nen Schluck!" Hardy reichte ihm ein Bier über den Nachttisch.

Die Stadt XIV

Die Neue im Rathaus tat sich schwer mit Entscheidungen. Ihr Hauptverdienst bestand zunächst darin, die klamme Stadt vollends in die Pleite zu führen. Tätige Hilfe erhielt sie dabei vom unfähigsten Stadtrat der neueren Geschichte. Man hatte verabsäumt, der Geldverschwendung in den Stadtwerken rechtzeitig Einhalt zu gebieten. Böse Zungen behaupten gar, dass dies mit Absicht geschehen ist und so mancher Würdenträger davon profitierte. Auch wurde weiterhin der Schwäche für gigantische Prestigeprojekte gefrönt. Eine neue Straßenbahnlinie sollte gebaut werden, noch größer als die bestehenden. Was interessieren da ein paar alte Bäume, die zwar seit Jahrzehnten einer der belebtesten Straßen säumten, oder gar solch Nebensächlichkeiten wie die Bedarfszahlen hinsichtlich tatsächlich vorhandener Fahrgäste. Die Wirtschaftspolitik der Stadt läßt sich unter einem Satz subsummieren: Betteln um Fördermittel.

Nachdem es in einem Vierteljahrhundert nicht gelungen war, auch nur einen nennenswerten größeren Betrieb in der Stadt anzusiedeln, waren das Steueraufkommen und damit die Mittel, die zur Verfügung standen, sehr überschaubar. Glücklicherweise hatte der Herrgott ein Einsehen und ließ eines Tages den kleinen Fluss über die Ufer der angrenzenden Stadtbezirke treten. Mit dem Soforthilfeprogramm von Land und Bund konnten man zumindest ein paar Wege neu bauen und das Geburtshaus des bekannten Malers innen herrichten, wenngleich hier das Wasser nur wenige Zentimeter hoch eingedrungen war. Dass der städtische Enthusiasmus trotz des sich ergießenden Geldregens in Grenzen hielt, zeigt die Geschichte einer überfluteten Schulsporthalle. Zwei lange Jahre dauerte es, bevor sie wieder für den die Schüler zur Verfügung stand. Ein Sachbearbeiter hatte vergessen, die Anträge zu bearbeiten. Gestört hat's in der Stadtverwaltung niemand.

Episode 15 - Einbruch

Tsuden betrat die Kneipe durch den Hintereingang, um Atze und Robert nicht in die Arme zu laufen, die bereits Kampfposition zum Sturm auf die Eingangstür eingenommen hatten. Auch das orthographisch grenzwertige Schild "Wegen Krankheid geschlossen" hielt die beiden nicht davon ab, täglich um den Altneubau herumzuschleichen, hoffend, Einlass und die Möglichkeit zum Durstlöschen zu finden. Dämmerlicht, Kalter Rauch und Toilettengeruch umwehten Tsuden, als sie das Licht anschaltete. Ungewöhnlich kalt erschien ihr der Gastraum. Sie war heute eh nicht gut drauf. Trotz mehrfacher Anläufe antwortete Göran weder auf ihre SMS noch auf ihre Nachrichten auf seiner Mobil-Box. Ans Telefon war er eh nicht zu bekommen. Während sie so vor sich hin grübelte, fiel ihr Blick auf das rückwärtige Fenster. Ein Scherbenhaufen lag auf der mausgrauen Auslegware und das windige Aufbäumen der Übergardine verhieß nichts Gutes. Sie riss die Augen auf, als sie den Vorhang zurückschlug und des ganzen Schadens gewahr wurde. Die Scheibe war vollständig eingeschlagen, die Mittelstrebe herausgetreten. "Diese Schweine!" flüsterte sie in den hereinwehenden Wind. Siedend heiß fiel ihr die Kasse ein. Getreu Hardys Anweisungen wurde das Wechselgeld stets dort belassen - so etwa 80 bis 100 Euro, deponiert im schwarzen Portemonnaie unter dem Tresen. Tsuden hastete zum Lichtschalter. Das grelle Neonlicht zeigte die Kneipe in einem Zustand subtiler Verwüstung. Sämtliche Schnapsflaschen waren weg, auch die bereits angebrochenen. Der Zigarettenautomat vor den Toiletten entblößte seine leeren Fächer, Glas und Papier lagen auf dem Boden. Natürlich hatten die Einbrecher auch das Wechselgeld mitgenommen und die leere Geldbörse wie zum Hohn auf den Zapfhahn gestülpt. Ihr Handy heraus holend öffnete Tsuden die Vordertür. Atzes rotes Gesicht schob sich seitwärts in den Türrahmen. "Sau ey Tsuden, was´n los?". "Eingebrochn ham se." Sie wählte die Notrufnummer der Polizei. "Ey, nichts anfassen Du Ochse." Atze hatte zwischenzeitlich Bestandsaufnahme der noch verbliebenen Getränke gemacht, während Robert gedankenversunken den aufgebrochenen Zigarettenautomaten anstarrte. Eigentlich wollten die beiden Trinkfreunde Tsuden Vorhaltungen machen, weil sie letztens vor verschlossener Tür standen, obwohl sie versprochen hatte, die Kneipe zu öffnen. Doch unter den jetzigen Umständen war dies vergessen.

Der junge Polizist, der wenig später in Begleitung seiner sehr dicken Kollegin die Kneipe betrat, machte einen übernächtigten Eindruck. Er hatte das zurückliegende Wochenende beim Heimspiel des regionalen Fünftligisten dafür Sorge tragen dürfen, dass sich die verfeindeten Fangruppen nicht gegenseitig die Schädel einschlugen. Zwar waren es auf jeder Seite nur ein paar Handvoll, diese reichten jedoch aus, um weit über einhundert Polizisten zu beschäftigen. Nach dem Spiel galt es, die grölenden Haufen zu separieren und zu verhindern, dass auf dem Weg durch die Stadt zu viel Schaden angerichtet wurde. "Wann haben Sie das hier bemerkt?" Seine Frage klang eher unbeteiligt. Routine. "Vorhin." Tsuden war das alles zu viel hier. Was ging es sie eigentlich an; schließlich war Hardy der Eigentümer. Gut, er lag im Krankenhaus, aber seine Gundula hätte ja ruhig ihren dürren Arsch mal her bewegen können. "Ich bin hier nur die Aushilfe." schob sie noch schnell nach. Der junge Mann machte sich Notizen. Ihr Ausweis lag auf dem Tisch neben denen von Atze und Robert. Die Beiden sprachen unterdessen teilweise wild gestikulierend mit der dicken Polizistin, die dabei war, einige Fotos zu machen. "Das ist schon der vierte Einbruch heute." Wie beiläufig hallten die Worte durch den verwüsteten Gastraum. `Für Dich ist das scheinbar normal.` In Tsuden stieg langsam ohnmächtige Wut auf. Auf den teilnahmslosen Polizisten, auf die Kneipe, auf Göran und nicht zuletzt auf die Stadt. Sie wusste nicht mal, ob Hardy überhaupt versichert war. Und wer sollte das alles hier wieder in Ordnung bringen? Ein neues Fenster musste her, der scherbenübersäte Fußboden harrte einer Generalreinigung, neue Getränke mussten bestellt und der Zigarettenautomat ausgetauscht werden. Zu allem Unglück wurde für morgen Abend eine kleine Familienfeier erwartet. Die Polizisten waren mit ihrem Protokoll fertig und verließen mit dem Hinweis, dass sie sich doch bei Gelegenheit auf dem Revier nochmal sehen lassen sollte, den Tatort. "Solln mer Dir helfen?" Atzes dünne Stimme klang ungewohnt fest. "Ich mach mit Dir hier Ordnung und Robert besorgt erst ma ne Holzplatte für das Fenster." Tsuden blickte in Atzes biergetrübte Augen. Zum ersten Mal empfand sie so etwas wie Sympathie für den alten Trunkenbold. Sie nickte dankbar und holte den Besen aus dem Schrank. Beim Blick aus dem Fenster erblickte sie eine Männergestalt, die von der anderen Seite der vierspurigen Straße herüberblickte. ´Einer von den Assis´ dachte sie so bei sich, während ihr Besen über das ausgetretene Linoleum glitt. Ihre Aufregung legte sich nur langsam. Warum ging Hardy nicht an sein Handy? Sie hatte schon zigmal die Nummer gewählt. Auch Gundula, Hardy Angetraute, war zu Hause nicht zu erreichen.

Eine Stunde später nagelte Robert die bereits auf Maß zugeschnittene Sperrholzplatte in das gähnende Loch an der Wand. Der Regen hatte bereits eine kleine Pfütze unter der Fensterbank im Raum hinterlassen. "Hat sechs Euro fuffzig gekostet." "Wenn Hardy wieder da ist, kriegste Dein Geld." Bei diesen Worten durchfuhr Tsuden ein unbestimmtes Gefühl. Das Gefühl, dass irgendetwas passiert war.

Die Stadt XV

Im Laufe der letzten fünfundzwanzig Jahre hat die Stadt fünfzigtausend Einwohner verloren und war von einem bedeutenden Industriezentrum zu einer überalterten Mittelstadt verkommen. Die Verantwortlichen in der Landeshauptstadt waren nicht übermäßig motiviert, Hilfestellung bei der Stadtentwicklung zu leisten. Und so blieb es nicht aus, dass eine größer werdende Brachenlandschaft das Stadtgebiet zierte. Diese und die negative Bevölkerungsentwicklung schreckte sogar die windigen Immobilienspekulanten davor ab, hier Grund und Boden zu erwerben.

Zur Finanzierung der Gartenschau hatten Stadtrat und Oberbürgermeister vor Jahren beschlossen, das städtische Krankenhaus, bestehend aus zwei großen Standorten, an eine in Fachkreisen als nicht ganz koscher angesehene Holding aus dem Westen zu verscherbeln. Selbige, unterstützt von willfährigen Politikern, schloss beide Krankenhäuser und baute, natürlich mit Steuermitteln, ein neues. Zurück blieben fast 20 Hektar Land und ein paar hunderttausend Quadratmeter umbaute Fläche. Eine der größten Brachen der Stadt. Selbst zwanzig Jahre Vorbereitungszeit waren für die Stadtväter nicht ausreichend, um ein Nachnutzungskonzept dafür zu erstellen.

Letztlich als Glücksfall erwies sich, als das Land für die Flüchtlinge aus Afrika und dem Vorderen Orient eine Erstaufnahmestelle brauchte. Nach einem peinlichen Gezerre zwischen Stadt und Land ums liebe Geld fanden schließlich einige hundert Asylanten im alten Krankenhaus Unterkunft. Von denen verließen angesichts der zu erwartenden Lebensumstände die besser Gebildeten fluchtartig die Stadt. Zurück blieben Jene, die nur schwer zu integrieren sind.

Episode 16 - Heimkehr

Es roch sauer, als Horst seine Wohnung betrat. In der linken Hand einen dicken Packen Werbezeitungen, die mit perfider Regelmäßigkeit den Weg in seinen Briefkasten fanden. Rülpsend setzte er sich in seinen blassroten Sessel und starrte auf den welken Blumentopf im Fenster. Vor ihm lag die Medikamentenliste, die es noch abzuarbeiten galt. Er hatte es nie für notwendig befunden, sich einen Hausarzt zu suchen. Wozu auch? Sein steter Lebenswandel und die ausreichende Flüssigkeitszufuhr bescherten ihm bis vor zwei Wochen eine gute Gesundheit. Im Krankenhaus hatte ihn eine mürrische Matrone am Empfang darauf aufmerksam gemacht, dass doch seine Krankenkassenkarte bereits seit Jahren abgelaufen war. Horst heftete jetzt seine Blicke auf dieses grüne Stück Plastik, welches zur Hälfte aus seiner Brieftasche rausschaute, und seufzte. Alles zu viel Stress.

Er hatte im Telefonbuch drei Ärzte herausgesucht, welche er für würdig befand, sich seiner Leiden anzunehmen. Nach gefühlten zwei Stunden griff er endlich zum Telefonhörer, um sich einen Arzttermin zu holen. Doch entweder war in den Arztpraxen ständig besetzt oder es ging niemand ran. Wie zufällig sah er zwischen den Werbeblättern einen grauen, auf Umweltpapier gedruckten Brief mit den bekannten drei weißen Buchstaben AOK auf grünem Grund. `Sicher wolln die was von mir wegen dem Krankenhaus` dachte er. Er sollte Recht behalten. Mit verhaltener Neugier machte er das Couvert auf. "Zur Klärung ihres Versicherungsverhältnisses...zu den Geschäftszeiten." Es klang nicht sonderlich freundlich.

Sein Bauch machte sich mit einem Knurren bemerkbar. Geld hatte er jedoch außer ein paar Centstücken nicht und der Brief vom Amt, welchen er vorher geöffnet hatte, beschied einen vorläufigen Stopp der Hartz IV-Zahlungen. Er ging auf Nahrungssuche. Eine muffig riechende Packung Knäckebrot schmiegte sich einsam an die Innenwand des Küchenschrankes. Dank ihres Inhalts, einer kleinen, längst abgelaufenen Büchse Mortadella und eines dünnen Kräutertees konnte Horst seinen gröbsten Hunger stillen. Zum Glück wurde der Strom vom Amt bezahlt und so dudelte im Hintergrund aus dem alten Stern-Rekorder das Programm eines privaten Rundfunksenders. Das leichte Ziehen in seiner Brust gemahnte Horst, seine Gesundheitsrunde anzutreten.

Das Problem mit der Krankenkassenkarte wurde recht schnell gelöst. Horst bekam von einer netten Dame einen vorläufigen Versicherungsnachweis; seine Laune besserte sich. Schnurrstracks nahm er Kurs auf die erste seiner auserwählten Arztpraxen. Diese befand sich im Neubaugebiet unweit von seiner Wohnung. Bereits von Weitem bemerkte er den regen Besucherverkehr in dem Haus. Aller paar Sekunden wurde die messingfarbene Tür aufgestoßen und jemand trat heraus oder hinein. Die Praxis belegte das ganze Erdgeschoss des Plattenbaus. Im gleichen Haus waren noch ein Zahnarzt und ein Gynäkologe ansässig. In der benachbarten Apotheke wurde im Schaufenster großflächig für ein Ginkgo-Präparat geworben. Es solle die Hirnleistung verbessern. Horst grübelte gerade noch über seine eigene Hirnleistung, als ihm beim Betreten der Praxis der wohlbekannte Geruchsmix aus Rauch, Frittenfett und altem Schweiß entgegenschlug. Auf ehemals weißen Plastikstühlen drängte sich eine bunte Schar von vorwiegend älteren und alten Menschen. Feindselige Blicke spürte er in seinem Nacken. Am Tresen wurde gerade eine lautstarke Diskussion geführt. "Ich sagte Ihnen doch schon am Telefon, dass wir keine Patienten mehr annehmen." Die kleine Schwester war sichtlich gereizt. "Aber Sie müssn unbedingt mein Herz abklärn." erwiderte eine dicke Blondine, deren Bauchfett in Lefzen über ihre grüne Leggings hing. "Es geht aber nicht. Versuchen Sie es um die Ecke bei Dr. Bekewesch." "Da war ich schon, der nimmt och keene mehr. Sau ey, ich werd mich beschwern." Die Stimme der Dicken überschlug sich. Achselzucken bei der Schwester. Horst bemerkte, dass kaum einer der Wartenden Notiz von dem Streit nahm. Offenbar war man hier solche Szenen gewohnt. "Was wollen Sie hier?" Horsts

Augen begegnetem dem Blick der kleinen Arzthelferin. `Ganz nette Titten.` Sein Blick glitt in den ansehnlichen Ausschnitt. "Sind Sie Patient bei uns?" "Äh, ja...nee, aber im Krankenhaus. Die ham gesagt..." "Wir nehmen niemanden mehr an." Es klang nicht einmal böse, eher unbeteiligt. Wie oft sagte die Kleine eigentlich am Tag diesen Satz? Horst wurde etwas unsanft von einer hinter ihm stehenden Siebzigjährigen beiseitegeschoben. "Also, Frollein, ich muss heute noch drankommen. Ich bin ja so verschleimt." "Frau Rödel, Sie sehen doch selbst was hier los ist, kommen Sie nächste Woche." "Nächste Woche? Aber der Doktor hat gesagt, ich soll sofort kommen, wenn es wieder losgeht. Und ich kann ja überhaupt nicht mehr schlafen. Und die Tabletten helfen ja überhaupt nicht, und...". Horst wollte den Rest der Schleimgeschichte nicht mehr hören und ging.

Vor der Tür atmete er tief ein und nahm Kurs auf die nächste Arztpraxis. Die Adresse hatte er in seiner kindlichen Schrift auf einen Zeitungsrand geschrieben. `Hoffentlich nehmn die mich dran.` dachte er, während er die Straße querte. Die Praxis war nagelneu. Hier roch es nach Farbe und Desinfektionsmittel. Hinter dem weißen Tresen hantierten zwei ältere Damen. Horst versuchte, seinen charmantesten Gesichtsausdruck aufzusetzen, welche jedoch im krassen Widerspruch zu seinem strähnigen Haar stand, dass seit seinem Krankenhausaufenthalt einer gründlichen Wäsche harrte. "Ham Sie nen Termin?" "Nein, äh aber im Krankenhaus..." Der Satz blieb unvollendet. "Wir nehmen niemanden mehr an!" herrschte eine der Damen ihn an und zeigte unmissverständlich auf die Tür. "Aber im Krankenhaus..." Horst spürte, dass seine Argumente hier auch nicht verfingen. Ein Blick auf die Uhr verriet ihm, dass es schon Mittag war und seine Chancen auf eine Konsultation beim Arzt sich drastisch verringerten. "Da musste abends zum Notdienst gehen. In die Roller-Straße. Die müssn Dich drannehmen." raunte ein älterer blassgesichtiger Mann, der Horsts Auftritt vor den beiden Arzthelferinnen mitbekommen hatte. "Roller-Straße?" "Ja, dort bei dem Brunnen. Da kannste ab sechs hingehen." Dankend hob Horst seine Hand. Er beschloss, den Rat des Blassen zu befolgen. Bis sechs Uhr war es noch lange hin und so schlenderte er ziellos durch das Neubaugebiet. Vorbei an Rollatoren, die von griesgrämig dreinblickenden Senioren über den holprigen Gehweg geschoben wurden, vorbei an einer Gruppe Männer seines Alters, die vor einem großen Supermarkt gleich neben den Abfalltonnen dem Bier zusprachen und vorbei an einer Ansammlung von Teenagern, die allesamt über die Displays ihrer Mobiltelefone wischten. Auf der gegenüberliegenden Straßenseite sah er ein schon etwas verblasstes rot-gelbes Schild. "Hardys Eck" stand darauf. Es war einer jener eingeschossigen Zweckbauten, die vor vielen Jahren als Kantine für die Bauarbeiter dienten. Das musste die Kneipe von seinem Krankenhauskumpel sein. Am Eingang stand ein Polizeiwagen. Die Fenster waren geöffnet und kurz konnte Horst im Inneren des Gastraumes eine Frauengestalt erkennen. Schwarzes Haar, großer Busen. Irgendwoher kannte er sie. Er bezwang seine Neugier und lief weiter. Es nieselte.

Die Stadt XVI

Das städtische Theater, ein schmucker Jugendstilbau, genoss im Lande einen guten Ruf. Und so nahm es nicht Wunder, dass sich hier mehr oder minder begabte Künstler für den durchaus fürstlich dotierten Intendantenposten bewarben. Leider bewiesen die Stadtoberen bei der Auswahl oft kein glückliches Händchen.

Einem jener Karrieresüchtigen gelang es sogar, innerhalb von nur vier Jahren über fünf Millionen Euro zur Befriedigung seines Egos zum Fenster rauszuwerfen. Zweifellos waren seine Aufführungen opulent. Ja, sogar aus dem fernen Amerika kamen die Künstler. Große Gagen wurden gezahlt. Obgleich es Stadt- und Aufsichtsräte zur Genüge gab - der Herr im Theater konnte nach Belieben schalten und walten. Und als dann die Sache mit dem drohenden Bankrott ruchbar wurde, riefen unisono alle das Land um Hilfe an. Hatte so mancher der Bürger gedacht, es würden nun Köpfe rollen, so entpuppte sich dies bald als Irrglaube. In trauter Einigkeit wurde die Sache von der Stadt unter den Teppich gekehrt. Das Land half mit einem Millionenbetrag und der neue Intendant trat ein schweres Erbe an. Wie immer in solchen Fällen hatten die Künstler und Angestellten des Theaters die Rechnung zu bezahlen. Gehaltsverzicht und Kündigungen waren die Konsequenz jahrelanger Misswirtschaft. Der Verantwortliche ist übrigens immer noch auf freiem Fuß.

Episode 17 - Verzweiflung

Es war eine triste Veranstaltung, Hardys Beerdigung. Zwei Handvoll Gäste verloren sich in der Trauerhalle. Tsuden blickte sich um. Hardys Frau Gundula und seine zwei Söhne saßen mit versteinerter Miene in der ersten Reihe. Die salbungsvollen Worte des Trauerredners drangen nur fragmentarisch an Tsudens Ohr. Nur bei dem Wort "verantwortungsvoller Arbeitgeber" fiel ihr die unschöne, ständig wiederkehrende Diskussion mit Hardy um die Trinkgelder ein. Sie war die erste, die vom Krankenhaus benachrichtigt wurde. Herzinfarkt. Keine Rettung möglich. Nachdem sie den Hörer vom Ohr genommen hatte, starrte sie ins Leere. Unfähig einen klaren Gedanken zu fassen. Hardys Tod war schlimm, schlimmer war, dass sie ab jetzt ihrer Zusatzeinnahmen verlustig gehen würde. Ihre behutsamen Versuche Gundula zu einer verbindlichen Aussage bezüglich der Kneipe zu bewegen, wurden mit nichtssagenden Floskeln wie "Da müssen wir erst mal abwarten." quittiert.

Tsuden sah die beiden Söhne, die gegensätzlicher nicht sein konnten. Dieter, der ältere der beiden, war in Stuttgart bei einem Automobilzulieferer tätig. Sein gutsitzender Anzug, das blütenweise Hemd und die aufrechte Haltung verliehen ihm trotz seines wuscheligen roten Haares eine gewisse Würde, während sein Bruder Knut, angetan mit einem dunkelgrauen Pullover unter seiner speckigen Lederjacke, keine besonders gute Figur abgab. Das strähnige dunkle Haar fiel schulterlang herab und seine Jeanshosen hatten schon weitaus bessere Zeiten gesehen. Er war das schwarze Schaf der Familie. Unstet in seinem Tun, aufbrausend wie sein Vater. Selten hielt er es länger als ein Jahr bei einem Arbeitgeber aus. Zwei gescheiterte Ehen komplettierten das Bild des Versagens. In den hinteren Reihen saßen einige ehemalige Arbeitskollegen von Hardy. Dicke und Hagere, die Gesichter gezeichnet von den harter Arbeit. Direkt neben der Tür hatten sich Atze und Robert hingesetzt. Tsuden sah in ihrem Blick jenes Gemisch aus Leere und Ratlosigkeit, welches immer dann hervortritt, wenn ein Fixpunkt im Leben verlustig geht.

Als sie an der Reihe war, die Hände der Angehörigen zu schütteln und ihr Beileid auszusprechen, spürte sie nahezu körperlich die Abneigung, die ihr entgegenschlug. Sicher, sie wusste um die Gerüchte, die ihr ein Verhältnis mit Hardy andichteten, jetzt wurde ihr aber die Tragweite erst bewusst. Hardys Frau blickte durch sie hindurch, ihr Händedruck war ebenso matt wie abweisend. Tsuden wusste jetzt, dass es keine Chance gab, die Kneipe weiter zu bewirtschaften. Sie hatte sich darüber ernsthafte Gedanken gemacht, ja sogar auf dem Arbeitsamt mehrere Gespräche zum Thema Selbständigkeit geführt.

Zu Hause angekommen sichtete Tsuden seit langem mal wieder ihren Postberg, der schon eine stattliche Höhe angenommen hatte. "Scheiße!" Ein hellblauer Umschlag, darin ein Brief: "Sehr geehrte Frau...ihre Versicherung...Konto nicht genug Deckung aufweist...Versicherungsschutz verlieren...binnen 14 Tagen." "Scheiße!" Dieser Idiot von Göran. Klar war auf ihrem Konto fast nie Geld und die Versicherung hatte sie ja nur abgeschlossen, weil Hardy sie doch fest einstellen wollte. Zwei Raten waren bereits abgebucht worden. Tsuden wählte zum hundertsten Mal Görans Handynummer. "Die Rufnummer ist leider nicht vergeben." Auch nach mehreren Versuchen immer derselbe Satz. Sie rief in der Hauptagentur an. "Der Herr G. ist nicht mehr für uns tätig. Wegen Ihrer Versicherung wenden Sie sich bitte an unsere Zentrale in Frankfurt." beschied ihr eine freundliche Herrenstimme. Tsuden ließ sich schwer auf ihr durchgesessenes Sofa fallen. Ihr Blick blieb an der fast leeren Zigarettenschachtel hängen. Der Rauch beruhigte sie vorerst. Gleich morgen wollte sie wieder aufs Amt gehen, welches jetzt Arbeitsagentur hieß, und sich um eine Arbeit kümmern. Mit fahrigen Bewegungen suchte sie etwas Essbares in den Küchenschränken. Eine leicht eingedellte Dose Linseneintopf versprach zwar eine warme Mahlzeit, das Verfallsdatum signalisierte jedoch eine gewisse gesundheitliche Gefahr. Tsuden betrachtete die Zahlen auf dem Deckel. Zu jener Zeit trug sie noch zwei Kleidergrößen weniger. So blieb es bei Schnitte mit Margarine, die schon leicht ranzig roch, und etwas Salami. Normalerweise aß sie mittags immer bei Hardy. Als sie daran dachte, war ihr zum Heulen zumute.

Die Stadt XVII

Am proletarischen Erbteil hat die Stadt schwer zu schlucken. Nach der Wende und der Schließung nahezu aller größeren Betriebe wurde offenbar, dass die Bevölkerungsstruktur, geprägt vom Maschinen- und Bergbau des letzten Jahrhunderts, wenig Potenzial für einen Neubeginn bot. Bereits in der Gründerzeit war das Profitstreben und Habgier der ortsansässigen Textil- und Eisenbarone ausgeprägt. So wurden aus den bitterarmen Mittelgebirgsregionen Männer und Frauen als billige Arbeitskräfte in die Stadt gelockt und gleichzeitig die Bildung sträflich vernachlässig. In der Konsequenz dieser Verantwortungslosigkeit entstand ein Bevölkerungsbild, welches vom Proletariat geprägt war.

Die Klügeren verließen derweil die Stadt, die ihnen kaum ein Betätigungsfeld gab und suchten ihr Glück in den benachbarten Städten. Den größten Exodus erlebte die Stadt nach der politischen Wende. Fast ein Drittel Bevölkerungsschwund konnte auch durch großzügige Eingemeindungen nicht kompensiert werden. Zu allem Unglück spülte die Wendezeit auch zwielichtige Personen in leitende Positionen, wie den Personalleiter einer großen Klinik, der sich als Stasi-Opfer ausgab, aber letztlich Täter war. Ein Anderer wollte gar die brache Kulturlandschaft aufmischen, schwang große Reden und versprach sogar Geld. Trotz vielzähliger Warnungen wurde er hofiert und schaffte es sogar, in den Hofstaat der Oberbürgermeisterin aufgenommen zu werden. Ja, man wollte ihm sogar um jeden Preis eine eigene Bühne schaffen. Leider hatte man ihn bis dahin schon als Blender durchschaut.

Episode 18 - Arbeitssuchend

"Tja, da ist leider nichts zu machen." Die Worte hallten noch in Horsts Ohr nach, als er vor dem Eingang des Jobcenters sich erst mal eine Beruhigungszigarette anbrannte. Irgend so eine bebrillte Flachzange, ein bartloses Jüngelchen, hatte ihm auf seine Frage nach einem Job, angesichts seiner Qualifikation und seiner schon lange andauernden Arbeitslosigkeit, keine Hoffnung auf eine einigermaßen regelrecht bezahlte Arbeit gemacht. Sicher spielten sein Alter und Erscheinungsbild auch eine Rolle dachte er, während er sein Spiegelbild im Fenster betrachtete. Die Schuhe waren an den Spitzen völlig abgestoßen, die blaue Dederonhose im Stil der siebziger Jahre warf Spannungsfalten an den Oberschenkeln und unter seiner grauen Jacke trug er einen ockerfarbenen Pullover, der noch aus dem vorigen Jahrhundert stammte. Seine Frisur, die eher einem orkangeschädigtem Vogelnest glich, hatte er unter einen dunkelblauen Wollmütze versteckt, die er vor Wochen unter einer Parkbank gefunden hatte. An einen Friseurbesuch war angesichts seiner finanziellen Verhältnisse nicht zu denken; er kannte auch niemanden, der ihm die Haare schneiden konnte. Seit er diese blöden Tabletten einnahm, wegen seines Blutdrucks, war er noch lust- und antriebsloser als ohnehin. Traurigen Schrittes latschte Horst zur großen Eingangstür. Kurz bevor er diese erreichte, musste er einer forsch einherschreitenden Endvierzigerin Platz machen, die wütend unverständliche Schimpfworte herausstieß. Horst hörte so etwas wie: "Sau ey, pass doch uff." bevor ihr dicker Hintern in der Menge verschwand. Er erschrak, kam ihm doch die rosa Jacke sehr bekannt vor.

Während er draußen versonnen vor sich hin rauchte, hörte er in unmittelbarer Nähe eine vertraute Stimme: "Sau ey, die wolln mir de Stütze kürzn, die Schweine!" Es war Peter, sein alter Kneipenkumpel. "Sau ey, Peter, machst´n Du hier?" Peter schaute ihn mit einer Mischung aus Wut und Scham an. "Na Arbeit suchen Du Brot." Peters Augen funkelten. "Ich dachte, Du bist bei der Sicherheitsfirma ABC?" Horst war erschrocken. "Die ham mich rausgeschmissen." knurrte Peter, während er sich eine Kippe anbrannte. Horst verkniff sich die Frage nach dem Grund. Er wusste um den maßlosen Alkoholkonsum, den Peter mit beängstigender Regelmäßigkeit in Achims Kneipe an den Tag legte. Schon immer hat er sich gefragt, wie man so viel saufen konnte, obendrein als Wachmann. Sie gingen ein Stück gemeinsam. Schließlich brach Peter das Schweigen: "Zu Achim geh ich ok nich mehr, keen Geld." "Keen Geld hab ich och." erwiderte Horst tonlos auf Peters Gefühlsregung. "Außerdem war ich erst vor kurzen im Krankenhaus." Es klang wie eine Rechtfertigung.

Angekommen im größten Park der Stadt musste Horst feststellen, dass Peter in jeden der dunkelgrauen Papierkörbe hineinspähte, die aufgereiht am Wegesrand standen. "Bringt zwanzig Cent!" Triumphierend hielt er eine große Plastikflasche empor. "Die jungen Leute sin zu faul, das wegzubringen." Horst sprang beiseite, um zwei schnaufenden Joggerinnen Platz zu machen und ertappte sich, wie er schmunzelnd auf die sich entfernenden, wackelnden Hintern schaute. Die waren zwar etwas zu groß ausgefallen, vermochten es aber, ihm einen wohligen Schauer über den Rücken zu jagen. Peter hatte sich auf einer Parkbank niedergelassen. "Haste noch Geld für'n Bier?" Horst wusste Peters Antwort schon, ohne dass der den Mund aufgemacht hatte. Sie rauchten noch eine ihrer selbstgestopften Zigaretten, reichten sich stumm die Hände und verschwanden im heraufziehenden Dunkel des Abends. Jeder in seine eigene Einsamkeit.

Als Horst seine Straße entlangging, wurde ihm wieder seine Lage bewusst. Er litt das erste Mal in seinem Leben Hunger. Auch die hastig gerauchten Zigaretten vermochten dieses dumpfe, leere Gefühl in der Magengegend nicht mehr zu unterdrücken. Morgen früh würde er sich zur Tafel aufmachen. Dort wo viele hingehen. Das letzte Mal hatte er sich nicht rein getraut.

Zu Hause war seine Wohnung kalt. Die Heizung reagierte auf keine Thermostatstellung. Kaputt.

Die Stadt XVIII

Nach wenigen Jahren unter der neuen Bürgermeisterin sah es noch schlechter als vorher aus in der Stadt. Die Stadtwerke, sonst eher die Melkkühe der Kommunen, waren pleite, eine pomadige Ruhe hatte sich breitgemacht und so ziemlich Jeder in der Stadtverwaltung machte, was er wollte. Die größte Gemäldeausstellung der Stadt, die immerhin noch ein paar Touristen anzog, wurde unter fadenscheinigen Gründen für Monate dichtgemacht. Der städtische Kulturchef brauchte sich dafür nicht mal mehr rechtfertigen. Es war so ziemlich alles egal geworden. Jahre nach dem großen Hochwasser waren manche Schäden immer noch nicht beseitigt und nicht wenige Bürger munkelten, dass das Geld dafür längst in dunklen Kanälen versickert ist. Genauso wie die Mittel aus den Konjunktur-, Städtebau- und noch anderen Programmen, die im letzten Jahrzehnt an die Stadt ausgereicht wurden.

Die Oberbürgermeisterin, ebenso fleißig wie unbegabt, bot bei jedem ihrer öffentlichen Auftritte einen fast schon Mitleid erheischenden Anblick. Sie verstieg sich zu haarsträubenden Aussagen, wollte die Stadt gar zur Kulturhauptstadt Europas machen, um im gleichen Atemzug um die monatlichen Bedarfszuweisungen aus der Landeshauptstadt zu betteln. Dabei zeichneten sich alle Bürgermeister der Nachwendezeit nicht gerade durch überbordende Kompetenz oder Kreativität aus. Der erste scheiterte an seiner Stasi-Vergangenheit, vom zweiten wurde behauptet, dass er viel zu oft einen über den Durst trank, der dritte war nicht in der Lage, der Stadt ein Profil zu geben und die damals noch günstigen Investitionsvoraussetzungen zu nutzen, der vierte verbohrte sich in Hirngespinste, war beratungsresistent und verschreckte schließlich selbst seine engsten Mitarbeiter durch einen autokratischen Führungsstil. Zuerst setzten die aufmerksameren Bürger viel in die Neue, die vom Amt. Doch irgendwie wurde es immer schlimmer.

Episode 19 - Hoffnung

Tsuden erwachte am frühen Morgen. Noch spiegelten sich die Straßenlaternen in den grauen Pfützen der Vorstadt. Die Erlebnisse der letzten Tage erschienen ihr irgendwie weit weg. Sie wusste jedoch, dass jetzt nach Hardys Ableben ihre Tage in der Kneipe gezählt waren. Sie brauchte einen ordentlichen Job und Geld. Nach einer Tasse dünnen Kaffees und zwei Zigaretten, die sie vor dem Untergang in der Waschmaschine gerade noch retten konnte, machte sie sich angetan mit ihrer rosaroten Jacke und der etwas zu engen Jeans auf, um wieder mal das heimatliche Arbeitsamt zu besuchen. Nicht, dass sie viel Hoffnung hatte, gestand sie sich ein. Aber in ihrer Hilflosigkeit erschien es ihr zumindest als Anfang.

Nach zwei Stunden Wartens flankiert von zwei nicht gerade angenehm riechenden Typen war sie endlich dran. Ihr gegenüber saß eine Frau mit stark blondiertem Haar, ungefähr im gleichen Alter wie sie selbst. Eine gelb-ockerfarbene Bluse spannte sich über ihren flachen Busen und ihr Gesicht verriet, wie sehr sie ihre Arbeit hier ankotzte. "Na das wird nicht einfach..." sagte sie Tsuden ins Gesicht, nachdem die Personalien abgeglichen und Tsudens Qualifikationen überprüft worden waren. "Sie haben ja auch schon zweimal nicht an der Umschulung teilgenommen." "Da war ich krank!" platzte es Tsuden heraus. Natürlich war sie nicht krank, aber unter Mithilfe einer Bekannten, die als Arzthelferin beim Allgemeinarzt arbeitete, konnte sie immer ein geeignetes Attest vorlegen. Die Frau hämmerte mit rotlackierten Fingern auf ihrer Computertastatur rum. "Wir hätten hier ein Angebot aus dem Callcenter bei der Firma Telebuy." Schon bei dem Wort "Callcenter" spürte Tsuden Übelkeit aufsteigen. Zu gut kannte sie die Verhältnisse in diesen sterilen Hallen, die an die Schreibstuben der zwanziger Jahre erinnerten, wo sich auf engstem Raum, beaufsichtigt von gestrengen Augen eines Aufpassers ein paar Dutzend Frauen hinter reihenförmig angeordnete Minischreibtische pressten. Mit dem Unterschied, dass die klappernden Schreibmaschinen jetzt durch Computer ersetzt waren und ein kopfumspannendes Headset nicht nur klare Gedanken vermied, sondern auch Kopfschmerzen verursachte. Sie schwieg. Die Frau vom Jobcenter starrte auf ihren Bildschirm. "Und da wäre noch eine Aushilfsstelle in einer Gärtnerei." "Die nehme ich!" platzte es Tsuden heraus. Der Gedanke, mit schweren Gummistiefeln Pflanzkübel durch die Gegend zu wuchten, war zwar auch nicht so ganz in ihrem Sinn - besser jedoch als am Telefon zu klemmen und wildfremden Leuten Versicherungen und Handyverträge aufzuschwatzen. Am ersten Werktag des neuen Monates sollte es losgehen wurde ihr knapp beschieden. Bewaffnet mit diversen Zetteln und begleitet von den besten Wünschen der Sachbearbeiterin verließ sie den Raum.

Erst draußen vor der Tür wurde ihr bewusst, dass sie jetzt einen Job hatte. An der großen glasgefassten Ausgangstür stieß sie mit einem ziemlich runtergekommenen Typen zusammen unter dessen blauer Mütze ein paar fettige Haarsträhnen hervor lugten. Er machte einen plötzlichen Schritt zur Seite, sodass ein Aufprall unvermeidlich war. Mit einem ortsüblichen Fluch brachte sie ihn dazu, wie ein aufgeschrecktes Huhn beiseite zu springen. Dabei streifte ihr Blick für einen Sekundenbruchteil sein fahles Gesicht. Irgendwoher kam er ihr bekannt vor. Erst der Lärm einer vorbeirauschenden Straßenbahn riss sie aus ihren Gedanken. Mit einem Mischgefühl aus Befriedigung und Angst vor dem Kommenden machte sie sich auf den Heimweg.

Die Stadt XIX

Mittlerweile hatte die große Flüchtlingswelle von Menschen aus mehr oder weniger von Bürgerkriegen gebeutelten Ländern auch die Stadt erreicht. Nach umfangreichen Diskussionen, halbherzigen Bürgerprotesten und Gutmenschen-Demos wurde das alte Krankenhaus zum Erstaufnahmelager umfunktioniert. Fortan gehörten dunkelhäutige Männer und kopftuchtragende Frauen zum Stadtbild. Die Bevölkerung, bisher weitgehend ungeübt im Umgang mit Fremden, spaltet sich unversöhnlich in Befürworter und Gegner. Letztere sind zweifellos in der Überzahl, auch wenn es den Entscheidungsträgern missfällt. In ungewohnter Einigkeit wird das politische Establishment nicht müde, die Vorzüge einer multikulturellen Gesellschaft zu betonen. Allein Geschichte und Gegenwart sprechen eher dagegen.

Gleichzeitig waren die Stadtoberen froh, endlich eine lästige Immobilie los zu sein. Mit dem dafür erhaltenen Geld konnte man trefflich dunkle Löcher stopfen oder neue Verwaltungsstellen schaffen. Denn schließlich mussten alle bedient werden, die zum Klüngel gehörten. Überhaupt haben es in der Stadt nicht wenige Angestellte vermocht, über Jahrzehnte von einem gut bezahlten Job zu einem anderen zu rochieren, Gehaltserhöhung inbegriffen.

Episode 20 - Bruderliebe

Draußen schneite es dicke Flocken. Auf dem Bürgersteig bildete sich eine weiße flauschige Decke, die schnell die Zigarettenkippen und den anderen Unrat, der sonst den Gehweg bedeckte, vergessen ließ. Horst lehnte in seinem alten Sessel, eingemummelt in eine leicht müffelnde Steppdecke und schaute fern. Vor ihm ein Glas Wasser. Das Etikett einer bekannten Brauerei auf dem Glas ließ bei ihm einen kaum beherrschbaren Appetit auf ein großes kaltes Bier aufkommen. Bei dem Gedanken musste er schlucken. Glücklicherweise konnte man ihm das Wasser nicht abstellen und so war damit wenigstens sein Hunger zu betäuben. Ein Blick auf die roten Ziffern der Digitaluhr auf dem Fensterbrett verrieten ihm, dass sie Tafel bald öffnen würde. Schlurfend schlich er ins Bad. Im Spiegel schaute ihn ein aschfahles, eingefallenes Gesicht an. Bartstoppelig mit trockenen, aufgesprungenen Lippen. Mit einem Schluck stürzte er seine Blutdruckmedikamente hinter. Die erste feste Nahrung seit Stunden. Zähneklappernd warf er sich ein paar Hände kaltes Wasser ins Gesicht, um danach im Kleiderschrank nach etwas Anziehbarem zu fahnden. Ein ehemals dunkelgrüner Pullover, Andenken an bessere Zeiten entknautschte sich unter seinen Fingern. Sein Geruch verriet eine lange Verweildauer in der hintersten Schrankecke. Wenigstens war er trotz seiner verwaschenen Farbe recht sauber. Schwerfällig stülpte ihn sich Horst über Kopf und Bauch. Im Bad betastete er die klammen Unterhosen und die löchrigen Strümpfe, die er gewohnheitsmäßig über die Heizung gehängt hatte, obgleich diese immer noch kalt war. Vor einigen Tagen hatte er den Defekt an seinen Hausverwaltung gemeldet. "In drei, vier Tagen kümmern wir uns drum." beschied ihm die wenig motivierte Sachbearbeiterin.

Eine Rundstrickhose, ausgebeult und kniedünn, vervollständigte sein Outfit. Kaum hatte er sich im zahnpastabesprenkelten Spiegel von einer relativen Ausgehtauglichkeit überzeugt, klingelte es. Ein rascher Blick aus dem Badfenster verriet, dass es die Klempnerfirma war. Zwei ältere Männer stapften die Treppen hoch. "Wir sind von der Firma Thieme, wegen der Heizung." Horst beobachtete, wie die Männer sich an den Thermostaten zu schaffen machten. Einer von ihnen verschwand im Keller. Laut hämmernd und fluchend machte er sich an der Heizungsanlage zu schaffen. "Eingerostet!" hörte Horst ihn schreien. Nach einer Ewigkeit von zwei Stunden machten sich die beiden Handwerker wieder davon. Das vertraute Rauschen in seinem Wohnzimmer verkündete Horst, dass die Heizung wieder funktionierte. Schon der Gedanke daran erwärmte ihn.

Er durchforstete seine Schrankwand nach Zigaretten. Dabei entdeckte er den Brief, den er vor vielen Tagen achtlos weggelegt hatte. Die Absenderzeile verriet ihm, dass das Schreiben von seinem Bruder war, den er seit Wochen vergeblich zu erreichen suchte. In dünnen Worten beschied ihm Ralf, dass er über Weihnachten in der Stadt sein würde und sich mit ihm treffen wolle. Das war in ein paar Tagen. Über die Gründe der neu erwachten Brüderlichkeit gaben die Zeilen keine Auskunft. Lediglich der Satz: "Dein Handy war nicht erreichbar." klang wie ein stiller Vorwurf. Horst legte den Brief beiseite, zog seine Jacke und Schuhe über und machte sich auf den Weg zur Tafel, die sich in einem etwa fünf Kilometer entfernten Stadtteil befand. Der eisige Wind trieb ihm die Schneeflocken ins Gesicht. Nur wenige Menschen bevölkerten die Straßen und die Stadt bot einen Anblick irgendwo zwischen trostlos und friedlich. Endlich stand er vor seinem Ziel, seine Hose war klatschnass und sein Ebenbild, welchem er im Glas der Eingangstür gewahr wurde, bot einen herzerweichenden Anblick. In der dampfenden Luft der Ausgabestelle für Lebensmittel drängten sich etwa drei Dutzend Leute. Alte, Junge, auch Mütter mit Kinderwagen und ein paar Penner. Horst wies sich den gestrengen Augen einer älteren Dame in einer modischen Strickjacke als empfangsberechtigt aus und stellte sich aus dem Vorhandenen sein Essen zusammen. In der hinteren Ecke wurde Gulaschsuppe ausgeschenkt. Gierig löffelte er zwei Plastikschüsseln in sich rein.

Schmeckte gar nicht mal schlecht. Um ihn herum saßen Männer und Frauen unterschiedlichen Alters. An ihren Gesichtern erkannte Horst die Mühsal von Jahren und Jahrzehnten. An der Tür spielten zwei kleine Kinder, vielleicht fünf Jahre alt. Ihr schallendes Lachen wirkte in dieser Atmosphäre von Verzweiflung und Überlebenskampf surreal. Neben ihm wischte eine junge Frau über das Display ihres Smartphones. Horst fragte sich insgeheim, woher sie das Geld für ein solches Teil nahm. Als hätte die Dame seine Gedanken erraten, wandte sie sich abrupt um. "Glotzdn so?". Schnell wandte er sich seiner Nachtischschüssel mit Roter Grütze zu.

Mit drei prallgefüllten Beutel in den Händen und zwei leicht überreifen Bananen in den Jackentaschen stapfte Horst etwas später durchwärmt von einem wohligen Gefühl in den Gedärmen nach Hause. In seiner Brusttasche steckte die Visitenkarte vom Kleiderdienst einer Wohlfahrtsorganisation. Vielleicht konnte er dort seinen dürftigen Bekleidungsvorrat etwas aufbessern. Und während er bemüht war, beim Gehen keinen Schnee in seine Schuhe zu schaufeln, grübelte er über den Brief seines Bruders nach. Sechs Jahre war ihre letzte Begegnung her. Irgendwas schien nicht zu stimmen, wenn Ralf sich seiner entsann und sogar die Mühe auf sich nahm, ein Einschreiben zu senden. Derweil Horst über die Motive seines Bruders nachsann, hielt neben ihm ein Bus. Am Fenster sah er das Profil einer Frau mittleren Alters, die gestikulierend in ein Mobiltelefon sprach. Ihre rosa Jacke presste sich an die Scheibe. Dunkle Erinnerungen bemächtigten sich Horsts. Sollte es gar die Tussi von damals sein?

So schnell, wie es sein Bauch zuließ, sprang er die Stufen zu seiner Wohnung empor und fast in die Arme seiner Nachbarin, die schon auf ihn gelauert zu haben schien. "Sie sind mit der Hausordnung dran!" krähte Frau Lurz. Ihre hellen Augen fixierten dabei einen der Beutel, die Horst mit eiskalten Fingern zu halten versuchte. Eine dünne Spur einer dunkelroten, zähen Flüssigkeit hatte bereits einen ansehnlichen Fleck auf den grau-schwarz gesprenkelten Hausflurboden gebildet. "So ne Sauerei!" Horst wusste nicht so recht, ob sich dieser Ausspruch von Frau Lurz auf die unerledigte Hausordnung oder den roten Fleck bezog. Er äugte vorsichtig in den Ort des Übels und musste erschrocken feststellen, dass eine der beiden Ketchupflaschen leckte. Ein drei Zentimeter großer Schlitz im Boden der Plastiktüte ermöglichte dem Tomatenextrakt ein ungehemmtes Ausströmen. "Und die Treppe ist auch ganz vollgesaut." Horst blickte sich um. Eine dünne dunkelrote Spur schlängelte sich treppab. "Ich wisch gleich auf." Leider ließ sich Frau Lurz durch diese hastig vorgebrachten Worte nicht wirklich beschwichtigen. "Wenn Sie immer so´n Dreck machen und nie die Hausordnung, dann rufe ich morgen bei der Hausverwaltung an. Das kann doch wohl nicht wahr sein. Wie oft hab´ ich Ihnen das schon gesagt. Immer nur am Saufen. Sie sollten sich was schämen. Asozial..." Die letzten Worte hörte Horst nur noch leise. Er hatte die Wohnungstür hinter sich geschlossen.

Die Stadt XX

Viele städtischen Schulen und Kindergärten wurden seit der Wende dem Verfall preisgegeben. So manches Kind traut sich nicht auf die versifften Toiletten und dank faulender Fenster, von denen einige noch die Zeit des Mauerbaus erlebt hatten, sind die Eltern gut beraten, im Winter ihre Zöglinge warm anzuziehen. Gelegentlich stürzt ein ganzes Fenster samt Füllung krachend ins Schulhaus. Abenteuer pur für die Schüler. Dass es in vielen Schulen keine Notbeleuchtung gibt, nimmt sich da schon als Marginalie aus. Ein Schulneubau wurde gar so durchgeführt, dass ja kein Kind gefahrlos die Straße davor queren konnte. Erst nach massiven Elternprotesten wurde nachgebessert.

Das Projekt zum Ausbau des ältesten Gymnasiums der Stadt wurde mit schöner Regelmäßigkeit von Stadtrat und Stadtverwaltung über ein Jahrzehnt hin torpediert, während sich die Oberbürgermeister immer aufs Neue in beschwichtigenden Reden ergingen, um Schüler, Eltern, Lehrer und den Förderverein zu vertrösten. Als es dann doch losgehen sollte, stellte man fest, dass der Bau fast doppelt so teuer wie veranschlagt werden würde. Ob er jemals fertig sein wird, wissen nicht einmal die Verantwortlichen. Gleichzeitig palavern Stadtmütter und -väter von Freibädern, die gebaut werden müssten oder gar von einer gigantomanischen Radrennbahn auf dem Dach eines Dienstleistungszentrums. Die Psychiatrie nennt so etwas Realitätsverlust.

Episode 21 - Weihnachten

Seit einer Woche arbeitete Tsuden in einer großen Gärtnerei vor den Toren der Stadt. Trotz des frühen Aufstehens und der langen Busfahrt bis zur Arbeitsstelle gefiel es ihr recht gut. Die Kollegen waren nett und sie hatte sich mit Dagmar angefreundet, einer gut erhaltenen Endvierzigerin mit Zahnlücke und graublondem Haar. Sie verband außer ihrer Vorliebe für Zigaretten ein gemeinsames Schicksal. Dagmar hatte auch einige Schicksalsschläge durch. Zwei gescheiterte Ehen, zwei Kinder, die in Schwaben ihr Glück gesucht hatten und ihr jetziger Lebensabschnittsgefährte stellte sich nach ein paar Wochen als kontrollwütiger, eifersüchtiger und meist angetrunkener Typ raus, der gern auch mal zuschlug. Tsuden und Dagmar arbeiteten gemeinsam in einem großen Gewächshaus, wo Gemüse angebaut wurde. Es roch nach frischer Erde und immer wenn die Beregnungsanlage angestellt wurde, umfing sie ein tropischer Duft. Frühmorgens, wenn Tsuden durch die Fenster im Überlandbusses das Erwachen der Stadt beobachtete, beschlich sie ein undefinierbares Gefühl. Sie schob es auf die vorweihnachtliche Stimmung, die stets dazu angetan ist, mit einem Unterton von Melancholie sich selbst zu reflektieren. Vielleicht war es auch einfach nur die Tatsache, dass sie seit langem so etwas wie ein geregeltes Leben hatte. Ohne rauchgeschwängerte Kneipenluft und die geilen Blicke aus mehr oder minder glasigen Augen. Und die Landluft hatte ihr einen Hauch von gesunder Röte auf ihre sonst so blassen Wangen gezaubert.
"He, träum nich rum!" Dagmars grelle Stimme riss sie aus ihren Betrachtungen. "Haste den Kerl von gestern angerufen?" "Welchen Kerl?" Kaum hatte Tsuden die Frage gestellt, da fiel ihr schon die gestrige Episode ein. Ein durchaus stattlicher Mittfünfziger namens Thomas, ein Fahrer der Gärtnerei, hatte sie zu einem etwas verschwommenen Date eingeladen. "Wir könnten ja mal...so am Wochenende...da gibt es den Weihnachtsmarkt...na vielleicht...". Es war schon ein paar Monde her seit ihrer letzten Ver-

abredung. Der Fahrer war zwar nicht so ganz ihr Typ, zu beleibt und zu wenig Zähne; aber insgeheim war sie froh, überhaupt noch vom männlichen Geschlecht wahrgenommen zu werden. Außerdem war ihr letzter Geschlechtsverkehr etliche Monate her. "Hab ich noch nicht." log sie in Dagmars Richtung. Dabei hatte sie schon vom Bus aus angerufen und sich am Samstag auf dem städtischen Weihnachtsmarkt verabredet. So gegen fünf. "Der hat Dich ja mit den Augen fast aufgefressn." Dagmars breites Grinsen ärgerte Tsuden. "Bis ja nur neidisch." Dabei wusste sie, dass Dagmar mit Peter, dem Obergärtner, ein mehr oder weniger offensichtliches Verhältnis führte. Regelmäßigen Beischlaf eingeschlossen. "Nee Du. Der is mir zu speckig." Tsuden wusste, dass ihre Freundin Recht hatte. Aber was soll's - besser als zu Weihnachten allein zu sein. Obendrein bestand die Gefahr, dass Cousine Kerstin auftauchte. Ihr Roy hatte sich als das entpuppt, was nicht anders zu erwarten war. Nach anfänglichem Anfüttern mit Blumen, schicken Restaurants und regelmäßigen Besuchen erwischte sie ihn eines Tages mit einer Jüngeren in ziemlich eindeutiger Pose auf der Straße. Kerstin hatte Tsuden alles detailgetreu erzählt und wieder mal von Selbstmord gesprochen. Tsuden wusste, dass sie das nicht ernst meinte und hatte gar nicht erst versucht, tröstend auf ihre Cousine einzuwirken. Ja, sie ertappte sich sogar dabei, dass sie hämisch grinste. Sie hatte es ja gewusst.

"Der is nich speckig. Etwas ungepflegt eher. Hat bestimmt auch keine Frau." "Hat er doch." Dagmars Gesicht sprach Bände. "Und außerdem hat er es schon bei Jeder hier probiert, einschließlich der beiden Dicken." Die beiden Dicken waren die weiblichen Lehrlinge in der Firma. Von Weitem konnte man sie nur an ihren verschiedenen Haarfarben unterscheiden. Mit zwei Zentnern Lebendgewicht ächzten und stöhnten sie oft bei der Arbeit und es bereitete ihnen sichtbar Schwierigkeiten, sich zu bücken. Die blonde Nancy wohnte im nächsten Dorf und wurde nachmittags von ihrer Mutti, nicht minder beleibt, abgeholt. Susen, die Dunkelhaarige, fuhr immer mit dem Bus. Dabei setzte sie sich stets nach vorn in die Nähe des Busfahrers, eines durchaus ansehnlichen Endzwanzigers, dem sie hungrige Blicke zuwarf. Die Pausen verbrachten beide einträchtig bei Zigaretten und wischenden oder tippenden Bewegungen auf dem Display ihrer Smartphones. Gelegentlich zeigten sie sich gegenseitig Bildchen oder alberne Texte und brachen in kindliches Gekicher aus. "Mit den beiden jungen Hühnern kann der doch nichts anfangen." "Wer weiß..." Dagmar lächelte vielsagend. "Die Chefsekretärin hat ihn mal mit Nancy im Lager beim Rummachen erwischt." Tsuden stellte sich vor, wie Thomas kurze dicke Finger über Nancys üppige Rundungen glitten. Es war beileibe keine schöne Vorstellung. Auf der Heimfahrt rief sie Thomas sicherheitshalber nochmal an. "Bleibt es dabei?" "Wobei?" hörte sie Thomas´ tiefe Stimme sagen. "Na heute, Weihnachtsmarkt? Um fünf?". Sein "Äh...ja, natürlich, fünf..." klang wenig überzeugend. Während sie telefonierte, spürte sie, wie sie von einem Typen auf der Straße angestarrt wurde. Sie wandte sich kurz um. Oh Gott, dachte sie, das war doch nicht etwa der Kerl von damals? "Kann sein, dass es etwas später wird." "Lass mich ja nich hängen." Verzweiflung schwang in Tsudens Worten mit. Da hatte sie schon mal einen Typen an der Leine und der Ochse druckste jetzt rum. Sie hatte sich extra für die Verabredung mit Thomas noch einen Kosmetiktermin gebucht. Und einen neuen Schlüpfer gekauft. Man weiß ja nie.

Die Stadt XXI

Die älteren Bürger erinnern sich noch lebhaft, als die Stadtverantwortlichen kund taten, man wolle doch nun "Grünstadt" sein. Leider passten die umfangreichen Baumfällungen, die ohne Sinn und Verstand im Stadtgebiet durchgeführt wurden, so gar nicht zu diesem Attribut. Schweren Herzens musste das "Grünstadtprojekt" eingestampft werden.

Da die hohen Gewerbesteuern und teure Parktickets nicht genug zum Bekanntwerden der Stadt beitrugen, hatte der Stad tratin einem Anflug völliger Selbstüberschätzung beschlossen, die Stadt zur "Hochschulstadt" zu erklären und dies auf allen Ortseingangsschildern zu verkünden. Die vernunftbegabteren Bürger hielten dies zunächst für einen Scherz, der eigentlich nur im Zustand völliger Trunkenheit entstanden sein konnte. Aber als dann die örtlichen Zeitungen ausführlich darüber berichteten und tatsächlich die neue Bezeichnung auf den Schildern leuchtete, wusste man, dass es den Stadtoberen ernst war. Derweil hielten sich die Bürger der nahen echten Hochschulstädte vor Lachen die Bäuche.

Es ist auch noch gar nicht so lange her, da wollte man "Dienstleistungsstadt" werden, obwohl es keine nennenswerten Dienstleister in der Stadt gab. Eingeweihte sprachen damals sogar davon, dass der Oberbürgermeister mit Verweis auf das Profil als "Dienstleistungsstadt" wohlmeinende Investoren davon abgehalten hat, in der Stadt neue Fabriken aufzubauen. Aber das sind sicher nur dreiste Lügen.

Episode 22 - Bescherung

Eine eigenartige Spannung lähmte jede Bewegung. Regungslos saßen sich die Brüder im Schummerlicht des alten Schwippbogens gegenüber. Auf dem Tisch zwei Bierflaschen und eine angebrochene Flasche Wodka. Aus dem Radio säuselte es Weihnachtslieder. "Und das mit Deiner Frau ist endgültig?" Horsts Worte hallten durch das zigarettenrauchgeschwängerte Wohnzimmer. "Scheint so." Ralf war einsilbig. Nach der Trennung von Andrea vor vier Monaten hatte er sich etwas überstürzt mit einer drallen Allgäuerin eingelassen, die als Friseurmeisterin einen eigenen Salon betrieb. Seine Exfrau zettelte daraufhin, eher aus gekränkter Eitelkeit einen Rosenkrieg an. Wie leider in vielen gescheiterten Beziehungen üblich, begann der Streit um jedes Stück gemeinsamen Hab und Guts. Ein Ehevertrag existierte nicht und so fand sich Ralf ziemlich bald in einer Zweiraumwohnung in einem der schlechteren Stadtviertel wieder. Zu allem Unglück hatte er noch einen Kredit aufgenommen, um seiner Leidenschaft für Börsengeschäfte nachgehen zu können. Im Zuge der Finanzkrise waren jedoch sämtliche seiner risikobehafteten Anlagen geplatzt und sein Arbeitgeber hatte, als ob es nicht schon genug Unglück in Ralfs Leben gab, Konkurs angemeldet. Kurzum: Ihm stand das Wasser bis zum Hals. Und wie oft in ähnlich gelagerten Fällen besann sich auch Ralf seines Bruders in der weit entfernten Heimatstadt. "Aber Du weeßt doch, dass ich selbst keen Geld hab. Bin völlig blank." Horst sah seinen Bruder an. Er erinnerte sich, wie er ihn damals im elterlichen Hause, als kleines schreiendes Bündel auf den Schlitten schnallte, um den nahen Rodelhang hinunter zu fahren. Oder wie er ihm Radfahren und Schwimmen beigebracht hatte. "Warum fragst Du Jens nicht?" Jens war ein Cousin und galt in der Familie schon immer als Glückskind. Leider hatte ihn seine Frau dazu gebracht, sämtliche Kontakte zu seinen Verwandten abzubrechen. "Kennst doch seine Alte. Die würde dafür sorgen, dass der nüscht rausrückt." Ralfs Stimme war brüchig geworden. Unter seinen

Augen zeichneten sich dunkelgraue Schatten ab und sein einst so stolzer Bauch war verschwunden. Horst schaut ihn lange an. "Hast Du denn die Schlampe gleich heiraten müssen." Er wusste, dass dies wenig aufbauend war. Aber er konnte nicht verstehen, wie sein Bruder, den er insgeheim immer ob seiner Geschäftstüchtigkeit bewundert hatte, so in die Bredouille kommen konnte. "Wie kommsten eigentlich drauf, dass ich Dir Geld geben kann?" "Naja, vielleicht kannst Du ja einen Kredit für mich aufnehmen." Ein Zeitungsausschnitt mit dem Titel "Kredite auch in Problemfällen!" glitt zwischen Ralfs Fingern auf den Tisch. "Du hast ja keinen Schufa-Eintrag wie ich. Und schließlich bin ich Dein Bruder." Es klang jetzt fast fordernd. "Ein Bruder, der sich jahrelang nicht gemeldet hat." "Aber jetzt musst Du mir helfen! Bitte!" Flehentlich schaute Ralf ihn an. "Und Jörg. Der verdient doch auch gut." Jörg, der andere Bruder, arbeitete in Österreich. "Der muss doch Geld haben." Ralf blickte hoch: "Der gibt mir auch nichts., der ist doch krank." Horst erinnerte sich nicht, dass Jörg dies bei ihrem letzten Gespräch erwähnt hatte. "Na, ma sehen. Woll´n wir erstma bei Achim vorbeischauen?" Horst wusste, dass seine Stammkneipe am Heiligabend ihre Pforten für die Einsamen und Gestrandeten offen hielt. Zumeist gab es Glühwein für einen Euro und eine Gulaschsuppe mit Nachschlag. Ralf griff nochmal zur Wodkaflasche und nahm einen tiefen Schluck.

Bei Achim hatten sich etwa dreißig Leute eingefunden, zumeist Männer zwischen fünfzig und siebzig. Hinten in der schummrigen Ecke tummelten sich zwei etwas ältere Damen, die jeden Hereinkommenden mit kritischen Blicken musterten. Am Ende des Tresens saß ein einsamer Trinker. Wobei es eher ein Hängen war. Das Hemd offen bis fast zum Bauchnabel. Die Speisereste auf seinem Unterhemd waren noch nicht angetrocknet, Zeugnis des halbherzigen Versuchs, sich seines Mageninhalts zu entledigen. Vor ihm stand ein fast leeres Bierglas.

"Sau ey, Horst. Machst´n Du hier." Achim war bester Laune. "Is das Dein Bruder, eener von den Kleenen?". "Ja. Das is Ralf."

"Sau ey Ralf, warst lange nich hier." "Er arbeitet im Westen." Es klang etwas hohl aus Horsts Mund. Ralf straffte sich bei diesen Worten und bestellte zwei Bier und zwei Korn.

Es blieb nicht dabei. Etliche alkoholische Getränke später und mit schwerer Zunge saßen sie mit stierem Blick beieinander. "Was issn nu mit´m Kredit?" In Ralfs Stimme schwang Verzweiflung mit. "Keene Ahnung." Horst war es eigentlich egal. Keiner seiner Brüder hatte ihm geholfen in all den Jahren. Ja, man hatte sich nicht mal nach ihm erkundigt. Soll Ralf doch sehen, woher er das Geld bekommt. Er würde jedenfalls keinen Kredit aufnehmen, egal wie sehr sein Bruder ihn auch betteln mag. "Du, Ralf. Ich muss Dir was sagen..." Aber Ralf war auf seinem Stuhl zusammengesunken und leise Schnarchgeräusche verkündeten, dass das Gespräch vorerst beendet war. Horst ließ seine Blicke durch den Gastraum schweifen. Eine der beiden Damen warf ihm einen eisigen Blick zu. Über ihrem Stuhl hing eine blassrosa Jacke.

Die Stadt - XXII

In der rollatorgeschwängerten Atmosphäre der Stadt sind junge Leute Mangelerscheinungen. Die zwei Hochschulen in der Stadt verschwinden im restproletarischen Einerlei. Trotz gegenteiliger Bekundungen ist es den Verantwortlichen nicht gelungen, Voraussetzungen für ein Studentenleben an den zwei winzigen Hochschulen zu schaffen. Denn leider ist ja die junge Generation trotz Facebook und social media nicht in der Lage, sich selbst ein solches zu organisieren. Man kann es ihnen auch nicht verübeln, sind sie es doch seit Kindesbeinen gewohnt, dass man ihnen alles mundgerecht vorsetzt, Freizeitaktivitäten eingeschlossen.

Die wenigen Selbständigen unter ihnen erfahren zumeist recht schnell, dass in der Stadt das proletarische Erbe schwerer wiegt als eine aufkeimende studentische Tradition. Hochschulen hin oder her. Das Antlitz der Stadt bleibt unverändert. Vorher sah man keine Studenten, jetzt sieht man auch keine.

Episode 23 - Enttäuschung

Am Abend, es schneite dicke Flocken auf die Dächer und Straßen der Stadt, wartete Tsuden pünktlich am verabredeten Ort. Sie hatte sich unter dem Vordach des letzten verbliebenen Kaufhauses Schutz gesucht und suchte die Umgebung nach Thomas ab. Die Menschen hetzten mit zumeist finsteren Gesichtern an ihr vorbei. Und wie zum Hohn klang aus den Lautsprechern "Oh Du fröhliche...". Sie fror. Und sie fühlte, dass Thomas nicht kommen würde. Nach einer gefühlten Ewigkeit entschloss sie sich zum Gehen. Ihre Schuhe waren durchgeweicht und sie konnte ihre Zehen kaum noch spüren. Wie lange hatte sie gewartet? Eine Stunde? Zwei? Verzweifelt versuchte sie, dem matschigen Schnee, der sich auf dem Gehweg häufte, auszuweichen. Erst zu Hause, als sie die wohlige Wärme ihrer Wohnung umfing, straffte sie sich. Sie nahm sich vor, dass ihr sowas nicht nochmal passiert. Sie ahnte jedoch, es würde wieder passieren.

Mit harschen Worten hatte sie Thomas gleich am nächsten Tag zu Rede gestellt. Seine hastig vorgebrachten Ausflüchte konnten sie nicht beruhigen. Irgendwie hatte sie es ja bereits gewusst. Sie fühlte sich wie ein Stück Nutzfleisch, das sich in Ermangelung von Alternativen jedem Dödel, der einigermaßen passabel aussah, hingeben würde. Während sie sich wieder mal ihren trübseligen Gedanken im Bezug auf die Männerwelt hingab, hörte sie einen unterdrückten Schrei. Fassungslos starrte sie in den schmalen Gang, der das große Gewächshaus umgab. Sie musste mit ansehen, wie Thomas und die dralle Nancy, beide aus Anlass des nahenden Heiligabends mit scharlachroten, weißbebommelten Weihnachtsmannmützen auf dem Kopf, am hintersten Ende des Ganges sich küssten. Sogleich dachte sie an Dagmars Worte: Thomas ließ nichts anbrennen. Wie so viele Männer seines Schlages, eher unterdurchschnittlich in Ausstrahlung, Aussehen und Intelligenz, suchte er sich die Opfer seiner Notgeilheit unter den Frauen, nach denen sich sonst keiner rumdreht. Tsuden fühlte sich dieser Gruppe auch irgendwie zugehörig und es befiel sie eine tiefe Depression, als sie Unkraut jätend über ihr Schicksal nachdachte.

Zu Hause lief sie Stunden später auf ihrem abgewetzten Teppich auf und ab. Die Zigarette in der Hand, ein überquellender Aschenbecher auf dem Tisch. Das kleine Räuchermännchen starrte vor sich hin; selbst in seinen angemalten Augen glaubte Tsuden eine gewisse Traurigkeit zu entdecken. Sie hatte sich das Weihnachtsfest anders vorgestellt. Zweisame Gemütlichkeit statt allein am Heiligabend hier rum zu hocken. Aus der Wohnung über ihr drang gedämpft weihnachtlicher Gesang. Kinderlachen.

Einer inneren Eingebung gehorchend wollte sie gerade zum Telefon greifen, um ihre dicke Freundin Mandy anzurufen. Kaum hatte sie ihre Hand ausgestreckt, als es an der Tür klingelte. Durch den Spion sah sie Dagmar, ihre Arbeitskollegin aus der Gärtnerei. "Tsudi, ich bin völlig fertig!" Dagmar sah fürchterlich aus. Dicke Augenränder und rotgeäderte Augäpfel waren Zeugen mehrstündigen intensiven Weinens. "Was´n los?" Tsuden hatte nicht wirklich Lust, am Heiligabend den Seelentröster für Dagmar zu spielen. Sie wusste, dass es um Dagmars Beziehung nicht zum Besten stand. "Er ist heute ausgezogen. Heute - zum Heiligabend." Irgendwie hatte sie es geahnt. Weihnachten scheint für viele Menschen der ideale Zeitpunkt für Streit und Trennung zu sein. Vielleicht liegt es an den langen Nächten. "Tsudi, was soll ich denn nu machen?" Schwer stöhnend ließ sich Dagmar in den Wohnzimmersessel fallen. Tsuden wurde bewusst, dass sie derartige Situationen schon viel zu oft erlebt hatte. Ständig die selbe Leier. Vielleicht zog sie auch diesen Typ Frau an, der sich zuerst in eine sinnlose Beziehung verwickelte, um sich dann bei ihr auszuheulen, wenn selbige nicht funktionierte. "Nun hör` endlich mit dem Gejammer auf. Vielleicht hatte er die Schnauze voll, dass Du ständig mit Deim Verhältnis beschäftigt warst?" Tsuden erschrak über ihren lauten Ton. "Wir ziehn uns jetzt an und gehn was trinken."

Eine viertel Stunde später betraten Tsuden und ihre Freundin die wahrscheinlich einzige Kneipe, die am Heiligen Abend in der Stadt geöffnet hatte. Eine Wolke aus Zigarettenrauch, Sauerkrautduft und etwas Abgestandenem umfing sie. Am Biertresen hing ein volltrunkener Typ und sabberte so langsam vor sich hin. Im nur von Kerzen beleuchteten Gastraum fanden sich erstaunlich viele einsame Gestalten aus den allen Gegenden der Stadt. Ihre Gesichter verschwammen im Dunkeln des Raums. In der Ecke waren zwei Männer in ein Gespräch vertieft. Es schien um Geld zu gehen, glaubte Tsuden den Wortfetzen zu entnehmen, die sie erhaschte. An der Wand fanden sie einen etwas wackligen Zweiertisch auf dem ein einsamer Tannenzweig ein karges Leben in einer weiß-roten Blumenvase fristete. "Ganz schön voll hier." Dagmars Stimme war teilnahmslos. Der etwas korpulente Wirt hatte wortlos ihnen zwei Glühwein auf den Tisch gestellt. Gedankenverloren rührten sie darin rum. "Nun kannste Dich wenigstens Deim Freund widmen." Tsuden wusste, dass diese Aussage wenig hilfreich war. Sofort verfinsterte sich Dagmars Antlitz, Tränen schossen aus ihren Augen und sie zischte: "Der ist doch verheiratet." Tsuden nippte wortlos an ihrem Glühwein. Dabei blieb ihr Blick an dem Typen am anderen Ende des Raumes hängen, dessen Nachbar sich bereits dem Schlaf hingegeben hatte. Der Typ schaute zurück. Sie kannte ihn. Der Zettel mit seiner Adresse steckte noch immer in ihrem Portemonnaie. Erst wollte sie Dagmar auf ihn aufmerksam machen, aber dann besann sie sich. "Kann ich heut bei Dir bleiben?" Ihre Freundin schaute sie mit Dackelblick an. "Klar, kannst Du." Es klang widerwillig.

Die Stadt XXIII

Seit Jahren kann die Stadt ihre Spitzenposition in der Arbeitslosenstatistik im Land kontinuierlich ausbauen. Gleichzeitig verbucht sie die größte Kinderarmut im Bundesland. Dennoch werden die Stadtoberen im Chor mit den Realitätsblinden nicht müde, von den Vorzügen der Stadt zu sprechen. Und dass sie es doch gar nicht verstünden, warum sich kein großer Investor hierher verirrt hat. Derweil verscheuern sie das letzte Tafelsilber an mehr oder minder seriöse Immobilienhaie. Diese haben zwar auch keinen Plan, was mit den Brachen, die sie erworben hatten, anzustellen sei. Aber für manche Leute ist Haben wichtiger als Gestalten.

Und so kann jeder Besucher der Stadt eine abgebrannte Industriebrache hier oder eine zusammenfallende Fabrik dort bewundern. Ein ehemaliges Kaufhaus, dessen Hintereingang aufgrund des wuchernden Bewuchses nicht mehr identifizierbar ist, harrt seit zwei Jahrzehnten einer Nutzung. Böse Zungen behaupten, der Bauantrag sei nicht bearbeitet worden.

Episode 24 - Schließung

An den schöneren Tagen unternahm Horst gern einen Spaziergang. Einerseits, um der Tristesse seiner Zweiraumwohnung zu entkommen, andererseits in der vagen Hoffnung auf weibliche Bekanntschaft. Sein Äußeres war zwar weniger dazu angetan, die Blicke der Frauen auf sich zu ziehen, umso mehr weidete er sich am Anblick kurzberockter Mädchen, die in den Frühlingstagen die Grünanlagen der Stadt bevölkerten. Arbeitsmäßig hatte sich nicht viel getan. Er hatte zwar im Winter wieder mal eine Umschulungsmaßnahme besucht und danach ein paar Wochen diesen furchtbaren Ein-Euro-Job bei der Stadtwirtschaft gemacht; eine neuerliche Herzattacke verhinderte glücklicherweise eine längerfristige Beschäftigung. Von seinen Brüdern hatte er ewig nichts gehört. Sicher war Ralf ihm immer noch böse wegen der Sache mit dem Kredit. In die Kneipe ging er gar nicht mehr, sehr zum Leidwesen seiner Trinkfreunde. In seinem Hirn breitete sich jene Mischung aus Selbstaufgabe und endloser Resignation aus, die es ihm unmöglich machte, sich für seine Restlebenszeit noch für etwas Neues zu motivieren. Er setzte sich auf eine Parkbank am Fluss und lauschte den fremden kehligen Lauten vom nahegelegenen Sportplatz, die an sein Ohr drangen. Dort spielten dunkelhäutige hagere Männer Fußball. Einige von Ihnen hatten es sich am Spielfeldrand gemütlich gemacht und beschäftigten sich mit ihren Smartphones. Horst hatte sein Handy nur noch selten dabei. Wozu auch? Es gab Niemanden, der ernsthaftes Interesse an seiner Person hatte. Die jungen Ausländer weckten in Horst eine stumme Wut. Verglich er sein schäbiges Äußeres mit ihren Designerklamotten, fragte er sich ernsthaft, wer nun hier der eigentlich Hilfebedürftige war.

Während er grimmig den Wellen im Fluss hinterher stierte, traten zwei Frauengestalten in sein Blickfeld. Sie hielten Gartenwerkzeuge in ihren Händen und bearbeiteten mit rhythmischen Bewegungen die Wiese am gegenüberliegenden Flussufer. Die

Kleinere, eine dralle Endvierzigerin drehte ihm ihr überdimensioniertes Hinterteil zu, während die große Hagere sich periodisch eine Haarsträhne aus ihrem Gesicht wischte. "Was glotzt d´n so?" Die Dralle blickte zu Horst herüber. Sie kam ihm bekannt vor, irgendwie. Sollte es nicht gar die Tussi von damals sein? Die mit der Jacke? Horst wurde bewusst, dass seine Augen nicht mehr die besten waren. Eine Brille zum besseren Erkennen seiner Umwelt konnte er sich aber nicht leisten. Die Ruferin hatte ihre Fäuste in die Hüften gestemmt, so als wolle sie ihren Worten Nachdruck verleihen. "Such Dir ´ne Arbeit und glotz hier nich so doof rum." Horst sprang auf und trollte sich.

Auf dem abendlichen Nachhauseweg begegnete er einer Horde angetrunkener Jugendlicher. Zwei von ihnen trugen eine rot-weiße Absperrungsbake. Laut grölend machten sie sich daran, selbige mit großem Schwung in den Fluss zu werfen. Während Horst dem wüsten Treiben der Jugend nachschaute, schlug eine Hand ziemlich derb auf seine Schulter. "Sau ey, machst´n Du hier?" Es war Achim, der Wirt seiner alten Stammkneipe. "Hallo Achim, haste heute zu?" Horst fiel ein, dass zu dieser Tageszeit an Achims Tresen eigentlich Hochbetrieb herrschte. "Nee, hab´ dicht gemacht. Vor drei Monaten. Die Stadt hat mer den Vertrag gekündigt." schoss es zwischen Achims gelben Zähnen hervor. "Wieso gekündigt?" fragte Horst. "Nebenan ist so`n Idiot eingezogen. Der hat sich wegen dem Lärm beschwert." Sicher war manchmal etwas lauter in Achims Etablissement; doch das waren nur ein paar Tage im Jahr, wenn Familienfeiern anstanden oder mal Musik gemacht wurde. "Aber der wusste doch, dass er neben `ne Kneipe zieht." Horst blickte verständnislos. "Ach hör bloß auf. Seit zweiundzwanzig Jahren war dort immer `ne Kneipe und dann kommt so´n Dödel aus Berlin, kauft die Wohnung nebenan und macht vom ersten Tag an Stunk." Achims Kopf nahm eine wutrote Farbe an. Er seufzte laut. "Meine Kneipe war dieses Jahr die achte, die in der Stadt zugemacht hat. Zum Kotzen hier." Horst musste an die schmierigen Tische und die verstaubte Einrichtung denken, die zwar die Stammgäste wenig störten, aber für Neubesucher wenig einladend waren. "Und was machst´n jetzt?" "Weeß ich ooch nich. Was neues gibt´s nich, also hartze ich so vor mich hin." Um das Thema zu wechseln fragte Horst: "Was macht´n eigentlich Detlef?". "Keene Ahnung, der säuft bestimmt jetzt vor´m Netto." Horst stellte sich den ehemaligen Busfahrer in seinem schmuddeligen Pullover mit einer Flasche Bier vor einem der Supermärkte vor. Kein schönes Bild.

In den Parkanlagen hatten sich an diesem schönen Tag junge dunkelhäutige Männer niedergelassen und unterhielten sich lauthals. Als Achim ihrer gewahr wurde, verfinsterte sich sein Gesicht "Meine Frau malocht jeden Tag für Mindestlohn und die hier..." Er machte eine unwirsche Kopfbewegung in Richtung der Fremden "...die hier schaukeln sich die Eier." `Das machst Du doch ooch den ganzen Tag` wollte Horst schon entgegnen, beim Blick auf Achims zornger ötetes Gesicht unterließ er es jedoch. Stumm schritten sie über den asphaltierten Weg. "Na ich mach ma weiter." Achim reichte ihm die Hand. Beim Weggehen bemerkte Horst seine hängenden Schultern und den gesenkten Kopf. Und obwohl er selbst in einer ziemlich hoffnungslosen Situation war, hatte er Mitleid mit dem ehemaligen Kneipenbesitzer. Arme Sau.

Die Stadt XXXIV

Trotz des fortdauernden Niedergangs wird aus den Vollen gewirtschaftet. Die Stadt unterhält zwei große Kulturhäuser, denen eines gemein ist: Sie stehen die meiste Zeit des Jahres leer. Dabei werden die Verantwortlichen nicht müde, ihren Fleiß beim Vorantreiben des Kulturlebens in der Stadt zu betonen. Leider stehen sich auch hier Anspruch und Wirklichkeit diametral gegenüber. Mindestens acht Wochen Sommerpause pro Jahr sind normal. Man braucht keine Bedenken zu hegen. Die Stadtregierung ist ja mit anderen Dingen beschäftigt. Und so geht es irgendwie weiter, zwischen Leerstand, Volksmusik und Roland Kaiser. Nur wenn es darum geht, private Initiativen zu verhindern, dann wird man munter. Ohne Bedenken werden selbst traditionsreiche Kulturstätten unter den fadenscheinigsten Gründen abgewickelt. Da braucht man sich wenigstens nicht mehr damit zu befassen und kann weiter ungehindert dem Nichtstun frönen. Das Geld für Gehälter und Projekte kommt vom ja Land. Damit lassen sich Posten sichern und "Konzepte" schreiben, deren Halbwertszeit weit unter der einer Eintagsfliege liegt.

Das einzige Event von überregionaler Bedeutung, ein nationales Filmfestival für Kinder, musste sich die Stadt aufgrund mangelnder Unterstützung durch die Bürger seit einigen Jahren mit anderen Städten teilen. Kinderfilme passten eh nicht so richtig in eine Kommune, deren Bevölkerung ein Durchschnittsalter von über siebenundvierzig Jahren hat.

Episode 25 - Abwicklung

Tsuden starrte auf den Brief, der vor ihr lag. Das grüne Logo ihres Arbeitgebers prangte vom Briefkopf. "...müssen wir Ihnen leider mitteilen, dass wir aus betriebswirtschaftlichen Gründen...auf ihre Mitarbeit zukünftig verzichten...für die Zukunft alles Gute." Immer wieder las sie die Zeilen. In einem Monat würde sie wieder arbeitslos sein. Gerade jetzt, wo sie sich eingelebt hatte, wohl fühlte. Trotz Thomas und Nancy, trotz des langen Anfahrtsweges und des niedrigen Gehalts. Sie hatte ihre Finanzen einigermaßen in Ordnung bringen können; ja, ihr Einkommen hatte sogar ihr sogar ein paar Neuanschaffungen ermöglicht. Und nun drohte wieder dieses Gespenst der Arbeitslosigkeit.

Ihr fiel die Werbeaufschrift einer Zeitarbeitsfirma ein, die auf dem Linienbus leuchtete, der sie jeden Morgen zur Arbeit brachte. Zeitarbeit, das hatte sie in den Gesprächen mit ihren Kollegen erfahren, war eine moderne Form der Sklaverei. Man wurde verliehen wie ein Gegenstand, durfte für wenig Geld schuften und wurde nach einer gewissen Zeit wieder auf das Abstellgleis geschoben. Tsuden beschloss, dass es ihr nicht so ergehen sollte. Während sie im Zwiespalt zwischen Resignation und Hoffnung ihren Gedanken nachhing, klingelte ihr Handy. "Hallo Tsuden, ham se Dich och rausgeschmissen? Die Schweine." Dagmars Stimme vibrierte. "Ja." Tsuden musste daran denken, dass Dagmar bereit seit Wochen krank machte. Burn out. Was auch immer das bedeuten sollte. Klar war sie nach der Trennung von ihrem Mann etwas fertig mit den Nerven. Aber deswegen gleich auf krank machen. Seit den Weihnachtsfeiertagen war Dagmar nicht mehr auf Arbeit gewesen. "Ich komme gerade aus Rodastadt." Tsuden wusste, dass Dagmar einige Wochen in der psychiatrischen Anstalt verbracht hatte. "Nun heul nicht rum, Daggi!" Sie war etwas erschrocken über ihre barsche Stimme. "Was soll ich denn mach`n, Tsudi?" "Wir gehn morgen auf`s Amt. Wird sich schon was finden." "Ja, irgend so nen Scheißjob! Telefonieren oder Kellnern." Tsuden mussten an ihre Zeit bei Hardy denken. "Gibt Schlimmeres als Kellnern." Bei diesen Worten tauchten die glasigen Blicke der betrunkenen Männer wieder auf. Und sie spürte fast körperlich ihre plumpen Anmachen, während sie sie bediente. "Wir treffen uns Morgen um acht vor'm Amt!" "Aber der Doktor hat gesagt, dass ich mindestens noch drei Wochen zu krank geschriem bin. Mindestens." Tsuden war wütend. "Dann bleibste halt zu Hause. Und heulst weiter rum." Dagmar ignorierte ihre Wut. "Ach Tsudi. Die hätten uns doch weiter arbeiten lassen können. War doch genug zu tun." "Du weeßt doch, die Stadt ist pleite. Und der Park wird eh bald geschlossen. Und Du bist doch seit Monaten krank." Tsuden redete sich in Rage. "Daggi?" Dagmar hatte aufgelegt.

Am nächsten Morgen saß Tsuden wieder jener dickbusigen Sachbearbeiterin gegenüber, die ihr vor einem halben Jahr den Job in der Gärtnerei angeboten hatte. "Na, da schauen wir mal. Hier hätte ich eine Arbeit bei McDonalds." Der Gedanke an Frittenfett und Akkordarbeit ließ bei Tsuden Übelkeit aufkommen. "Gibt's vielleicht noch was anderes?" "Pflegeheim. Bei der Pflegefirma `Pflegen und Betreuen` suchen sie Hilfskräfte. Ich schreibe Ihnen die Kontaktdaten auf." Für die Sachbearbeiterin war das Gespräch beendet.

Einen Tag später saß Tsuden der Chefin des Pflegedienstes gegenüber. "Sie sind ja nicht vom Fach." Der Anfang des Gespräches verbreitete keinen sonderlichen Optimismus. "Da müssen wir mal sehen. Ich schicke Sie zu einer Weiterbildungsmaßnahme und dann gliedern wir Sie in unser Team ein. Zuerst in unserem Pflegeheim." "Wie siehts mit dem Verdienst aus?" wollte Tsuden wissen. "Als Ungelernte? Na höchstens Mindestlohn. Vielleicht lassen wir sie später Nachtschichten machen. Dann gibt es Zuschlag." Tsuden steckte ein wenig desillusioniert den mehrseitigen Arbeitsvertrag ein. Sie hatte sich bis zum nächsten Tag Bedenkzeit auserbeten.

Eine Woche später fand sie sich gemeinsam mit anderen angehenden Pflegekräften in einem überheizten Raum wieder, wo ein schwitzender Mann, Mitte fünfzig, mit eindringlicher Stimme über die Segnungen des Pflegeberufs berichtete. Zwar verlieh sein teilnahmsloses Gesicht dem Gesprochenen keine Nachhaltigkeit, dennoch schrieb Tsuden eifrig mit. In den weiteren Tagen lernte sie, was ein Harnröhrenkatheder ist, wie man Tabletten sortiert, welche Windelarten es gibt und wie viel Zeit zum Waschen man für einen Pflegebedürftigen vorsieht. Ihr Banknachbar, ein ehemaliger Dreher, machte sich darüber lustig, dass keine Unterrichtsstunde verging, ohne dass sie die Vortragenden nicht mit Fragen löcherte. "Mach Dich mal nicht so heiß. Für die paar Euro, die sie Dir bezahln, lohnts sich nich." `Vielleicht doch, Du Schwachkopf!` dachte sie und nahm sich vor, gut vorbereitet ihre neue Tätigkeit anzutreten.

Nach bestandener Prüfung hastete sie, in hellblaue Arbeitssachen gehüllt, von einem Pflegefall zum nächsten. Es machte ihr nichts aus, Schieber zu leeren, zu füttern, zu waschen oder Windeln anzulegen. Selbst die oft nervenden Gespräche mit den Angehörigen fochten sie kaum an. Belastend war, dass sie keine Zeit hatte. Zeit, um sich mit der netten Oma auf Zimmer zweihundertfünfundfünfzig über deren Jungenderinnerungen zu unterhalten oder mit dem immer freundlichen alten Herren auf einhundertzwölf dessen Bildersammlung aus längst vergangener Zeit anzusehen. Ständig gehetzt und den gestrengen Blicken der Chefin ausgesetzt verbrachte sie ihr Tagewerk. Mit ihren Kolleginnen hatte Tsuden bisher nur ein paar Worte während der eng bemessenen Pausen wechseln können. Dabei spürte sie bei ihnen eine Mischung aus Frustration und Schicksalsergebenheit. Und wenn sie abends todmüde in ihr Bett gefallen war, sah sie vor ihren Augen die Alten und Dementen, wie sie in ihren Betten hinvegetierten oder trippelnden Schrittes durchs Haus irrten.

Die Stadt XXV

Ein besonderes Alleinstellungsmerkmal der Stadt ist das Fehlen von Menschen, die ein überdurchschnittliches Format besitzen. Früher war das anders. Historische Aufzeichnungen künden von Erfindern, Künstlern und Querdenkern in längst vergangener Zeit. Heute ist selbst unter den vermeintlich Gebildeteren oft nur Mittelmäßigkeit anzutreffen. Man hat sich eingerichtet in der Stadt, wo Durchschnitt ausreicht, um sich zur Elite hier zählen zu dürfen.

Nicht selten ist Fremdschämen angesagt, wenn man sich bei den Lions-Club-Galas oder Ärztebällen unters feiernde Volk mischt. Dort begegnet der aufmerksame Betrachter manchen seltsam gewandeten Frauen und Männern, die vergessen hatten, ihre Garderobe mit ihrem Leibesumfang in Einklang zu bringen und deren Konversationstalent sich auf kindische Witze und Albernheiten beschränkt. Neid und Missgunst sind beherrschende Elemente im Sozialverhalten dieser Schicht der Selbstzufriedenen und Mittelmäßigen. Hinzukommt bei vielen der Ortsansässigen ein hohes Maß an Gleichgültigkeit dem Allgemeinwohl gegenüber. Und sei es nur, wenn es um defekte Gullydeckel geht, die jede Nacht beim Überfahren durch ihr Klappern die Ruhe stören. Warum sollte man sich auch darum kümmern?

Selten genug findet man in der Stadt hin und wieder Menschen, die etwas Besonderes, Anziehendes ausstrahlen. Die meisten von ihnen halten es jedoch nicht lange hier aus.

Episode 26 - Arbeit

Drückend heiße Julisonne vertrieb die Menschen in den Schatten. Die stickige Luft im Warteflur des Jobcenters verursachte Horst leichte Übelkeit. Das Schreiben von seinem Betreuer knisterte in seiner Brusttasche. "Ich glaube, wir haben was für Sie." waren die einführenden Worte. "In einer Bäckerei suchen sie einen Fahrer. Und eine Fahrerlaubnis haben Sie ja." Horst wusste nicht mehr, wann er das letzte Mal hinter einem Steuer gesessen hatte. Er nickte wortlos. "Und die bezahlen auch über Mindestlohn." schmetterte der Bearbeiter ihm entgegen. Ausgerüstet mit der Adresse des Bäckers machte sich Horst auf den Weg.

Die Bäckerei befand sich in einem schicken Altbau. Der Chef, ein rundlicher Endfünfziger, musterte Horsts Äußeres. "Sie müssen früh um fünf die Rohmaterialien in unsere drei Filialen ausfahren. Pünktlich. Und vor allem ohne Restalkohol." Horst sagte, dass er nicht trinke, was von seinem Gegenüber mit einem etwas ungläubigen Lächeln quittiert wurde. "Wir lassen Sie erst mal eine Woche Probe arbeiten. Unentgeltlich natürlich." "Natürlich."

Die Arbeit bedeutete frühes Aufstehen. Horst hatte seinen alten Wecker, der seit Jahren bereits ein stummes Dasein auf dem Nachttisch fristete, zum Leben erweckt. Früh um vier rasselten seine beiden Stahlglocken und gemahnten Horst an seine Verpflichtungen. Das mit dem Fahren funktionierte trotz seiner langen Abstinenz vom Lenkrad gut. Binnen von drei Stunden hatte er seine erste Runde beendet. Danach galt es, das Leergut zu stapeln, die Ladefläche zu säubern und beim Einräumen der Regale zu helfen. Seine Kollegen, meist Frauen kurz vor der Rente, waren freundlich zu ihm. Eine Gefühl des Aufgehobenseins wollte dennoch nicht so richtig bei ihm aufkommen. Zu lange war er eines normalen sozialen Kontaktes entwöhnt. Und so schlürfte er zumeist allein und abseits seiner der anderen Mitarbeiter seinen Pausenkaffee. Wenigstens gab es den umsonst. Nach einer Woche rief ihn der Chef in sein Büro und präsentierte einen Arbeitsvertrag.

Der sah eine befristete Einstellung vor. Ein Monat Probezeit sollte dazu dienen, Horts Zuverlässigkeit zu überprüfen. "Hier unten bitte unterschreiben." Horst war seit etlichen Jahren wieder in Arbeit.

Nach drei Monaten hatte er sich finanziell etwas saniert und sogar so ziemlich alle Rechnungen bezahlt. Das frühe Aufstehen bereitete ihm immer noch Probleme und manchmal schaffte er den Arbeitsbeginn nur unter Missachtung morgendlicher Hygiene und Nahrungsaufnahme. Sein Aufgabengebiet wurde ständig erweitert. Zuerst belieferte er die Filialen, dann einige Betriebskantinen und Imbissstände und schließlich auch noch Pflegeheime und das städtische Krankenhaus. Sein Chef war zufrieden mit ihm und erlaubte, dass er den betriebseigenen Transporter mit nach Hause nehmen und zur täglichen Fahrt in die Bäckerei nutzen konnte. Das verschaffte Horst jeden Morgen eine halbe Stunde mehr Schlaf.

Mit der finanziellen Sicherheit traten aber auch alte Gewohnheiten wieder zutage. Hatte er noch vor einem halben Jahr jeglichen Alkoholkonsum gemieden, so standen jetzt jederzeit mehrere Flaschen Bier und gelegentlich auch härtere Getränke in seinem Kühlschrank, die in immer kürzeren Abständen erneuert werden mussten.

An einem sonnigen Herbsttag klingelte es an Horsts Tür. Einäugig durch den Spion spähend verschaffte sich Horst Gewissheit, dass ihm nicht wieder seine übellaunige Nachbarin Vorhaltungen wegen der unerledigte Hausordnung machen wollte. Vor der Tür stand Peter, sein Trinkkumpan aus Achims Kneipe. "Sau ey, Horst. Alles schick bei Dir?" Eine Wolke aus Zigarette und Schweiß strömte in den Flur. Horst musste lächeln, typisch Peter. "Klar Mann!". Peter selbst war alles andere als schick. Sein Äußeres schien so, als habe er sich seit ihrem letzten Begegnung vor fast einem Jahr weder gewaschen, noch seine Kleidung gewechselt. Dennoch freute sich Horst über seinen Besuch. Nachdem sie sich bei Bier und Korn über die Erlebnisse der letzten Monate ausgetauscht hatten, kam Peter schließlich zum Zweck seines Besuches. "Du Horst, meine Alte hat mich rausgeschmissen. Kann ich vielleicht ein paar Tage bei Dir wohnen?" Horst war nicht überrascht. Irgendetwas musste ja sein, dass Peter den Weg zu ihm auf sich nahm. "Warum fragst Du nicht Detlef?" "Hab ich schon überlegt. Der wohnt aber jetzt im Heim. Hatte einen Schlaganfall." Horst stellte sich Detlefs mächtige Figur vor, wie sie von einem Pfleger durch die Gänge des Pflegeheims geschoben wurde. "Schlaganfall? Armer Kerl." Obwohl Horst Detlef nicht wirklich leiden konnte, kam bei ihm so etwas wie Mitleid auf. Er dachte an die gemeinsamen Trinkabende bei Achim und an Detlefs fleckigen Pullover mit dem Aufdruck der städtischen Verkehrsbetriebe. "Was iss'n nu? Kannst mich jetze nich hängn lassn!" drängelte Peter. Nach weiteren drei Bier und zwei Korn willigte Horst schließlich ein, dass sein alter Trinkkumpan die nächste Zeit bei ihm wohnte.

Am nächsten Morgen, als er brummschädelig erwachte, bereute er sein Zugeständnis, Peter als Untermieter in seine kleine Zweiraumwohnung aufzunehmen. Der hatte bereits Kaffee gemacht und Brötchen geholt. Horst war gerührt. Auf der Fahrt zur Arbeit überlegte er, wie das mit Einkaufen und Saubermachen so geregelt werden sollte. Und während er noch über die neuen Probleme nachsann, wummerte eine energische Frauenfaust an die Seitenscheibe seines Autos. "Wird ja auch höchste Zeit, dass Du kommst!" Horst erschrak. Ja, sie war es. Er erinnerte sich an den Zusammenstoß, damals. Wie lange es her war, daran konnte er sich nicht mehr erinnern. Gut erinnerte er sich aber noch an ihren hysterischen Ausbruch in der Eisdiele.

"Ich komm ja schon!". Ächzend wuchtete Horst seinen Körper aus dem Fahrzeug. Er hatte gewichtsmäßig deutlich zugelegt seitdem er regelmäßig die übriggebliebenen belegten Brötchen aus der Bäckerei verzehren konnte. Sein Haar trug er jetzt kürzer und eine breite Sonnenbrille, Modell "Space-Runner", verdeckte einen Gutteil seines Gesichtes. "Nu mach schon!" Der dicke Hintern der Frau hatte sich von ihm abgewandt und bewegte sich Richtung

Eingangstür. Mit fahrigen Bewegungen holte Horst die Kisten aus dem Auto und betrat das Gebäude. Vorbei an alten Menschen, von denen einige im Rollstuhl sitzend stupide vor sich hin starrten, schaffte er seine Lieferung in die Küche. Von dem dicken Hintern war nichts zu sehen. Horst atmete hörbar auf, verzichtete aber vorsorglich auf die Tasse Kaffee, die ihm die Küchenfrau, anbot. Nur nicht zu lange hierbleiben. Als er wieder in seinem Auto saß, war er sehr froh, diesmal einer weiteren Konfrontation entgangen zu sein.

Die Stadt XXVI

Während in den umliegenden Städten Kulturfestivals oder Ausstellungen mit berühmten Künstlern stattfinden, beschränkt sich das sommerliche kulturelle Angebot in der Stadt auf ein gelegentliches Konzert und eine Art Fressfestival auf der sonst ungenutzten Freilichtbühne. Essen gehörte neben Trinken schon immer zu den wenigen Stärken des überwiegenden Teils der städtischen Einwohnerschaft.

Die größte Kunstsammlung der Stadt wartet seit Jahren auf eine Sanierung und das Haus des berühmten Malers wurde nur an der Vorderseite renoviert, während im Hinterhof der ungebremste Verfall weitergeht. Wie ein Potemkinsches Dorf gaukelt es den wenigen Besuchern städtische Sorgsamkeit im Umgang mit Kulturerbe vor. Die Realität sieht leider beschämend anders aus.

Dennoch gibt es wenige Unentwegte, die mit Kleinkunst, Ausstellungen oder Konzerten das Kulturleben bereichern. In der Regel handelt es sich um private Initiativen, da seitens der Stadt nur im Ausnahmefall mit Unterstützung zu rechnen ist. Sie sind es, die dazu beitragen, dass in der städtischen Kultur noch nicht alles den Bach runtergegangen ist.

Episode 27 - Mobilfunk

Der Zigarettenrauch schwängerte die Luft in Tsudens Wohnzimmer. Sie hatte heute frei. Vor ihr lag ihre neueste Mobilfunkrechnung. Apathisch starrte sie auf die dreistellige Zahl unten rechts. Nach Beginn ihres neuen Arbeitsverhältnisses hatte sie sich einen neuen Vertrag gegönnt. Ein schickes Smartphone inklusive. Für neunundzwanzig Euro pro Monat. Doch statt dieser überschaubaren Summe prangte in fetten Buchstaben ein fast fünffacher Betrag auf der Rechnung. Sie las "Leistungen von Drittanbietern" und konnte damit eigentlich nichts anfangen. Zwei Dutzend Mal hatte sie bereits versucht, über die Hotline ihres Providers eine Erklärung für diese exorbitante Rechnung zu bekommen. Außer einer freundlichen Frauenstimme "Alle unsere Mitarbeiter befinden sich im Kundengespräch." bekam sie jedoch nichts zu hören. Tsuden dachte an ihr altes Handy, welches sie viele Jahre in Gebrauch hatte. Damals gab es keine Schwierigkeiten - aber auch keinen Internetempfang. Eine Kollegin, Katja hieß sie, hatte ihr Smartphone eingerichtet. "Du brauchst unbedingt ein paar neue Klingeltöne und WhatsApp und auch die Software für die coolen Online-Spiele." Tsuden hatte eingewilligt und freute sich über die Möglichkeiten des flachen, glänzenden Gerätes, peinlich darauf bedacht, dessen Oberfläche täglich von den hässlichen Wischspuren ihrer manchmal nicht so sauberen Hände zu befreien. "Diese Schweine." hauchte sie lautlos und sie wusste nicht, wem sie nun eigentlich die Schuld geben sollte: dem Anbieter, Katja, sich selbst oder allen zusammen. Jäh wurde ihr bewusst, dass der Rechnungsbetrag weit über ein Zehntel ihres Einkommens im Monat ausmachte. Und was hätte sie sich von diesem Geld alles kaufen können.

Zwei Stunden später stand sie im Mobilfunkshop, wo sie ihren Vertrag abgeschlossen hatte. Vor ihr war ein älterer Mann mit unreiner Haut, angetan mit dreckiger Jeansjacke, in ein lautstarkes Gespräch mit dem Mitarbeiter des Shops vertieft. Die stadttypische proletarische Sprache gewürzt mit dem unverwechselbaren Dialekt der Unterschicht schlug ihr entgegen. "Sau ey, kann doch nich wahr sein. Zweihundertdreiundzwanzig Euro?". Offenbar ging es um die Telefonrechnung seines Sohnes. Selbiger, gewandet in einen graugelben Pullover mit Schlabberärmeln und Hosen von nicht näher zu definierender Farbe, die irgendwo in Höhe der Kniekehlen Halt an den spindeldürren Beinen fanden, lehnte sichtlich gelangweilt am Tresen und puhlte in seinem rechten Ohr. Der Verkäufer, ein nichtssagendes Kerlchen von etwa fünfundzwanzig Jahren, dessen hagere Gestalt unvorteilhaft von einem viel zu großen grünen Poloshirt umweht wurde, versuchte mit gequältem Lächeln den erregten Vater in seinem Wortschwall zu unterbrechen. Vergebens. Erst nachdem der Mann in der Jeansjacke seinen Monolog beendet hatte, entfloh dem Mobilfunkkerlchen ein unsterblicher Satz: "Da haben Sie aber Glück, wir haben bereits mehrere Kunden, die diesem Monat zu viel bezahlt haben." Diese sinnfreien Worte konnten den erregten Vater nicht beruhigen. "Ich werd mich bei ihrm Chef beschweren!". Hilfloses Achselzucken beim Kerlchen. Vater und Sohn machten sich laut schimpfend davon.

"Ich will ma meine Rechnung erklärt ham." Tsuden war sich nach dem eben Geschehenen nicht mehr so sicher, dass man ihr hier eine Lösung für ihr Problem anbieten konnte, geschweige denn, dass sie ihr Geld zurück bekäme. Wortlos studierte das Kerlchen die Zettel, die Tsuden ihm über den Tresen gereicht hatte. "Na da können wir leider gar nichts machen. Bezahlt ist bezahlt. Ich kann höchstens die Abos sperren." "Welche Abos?" "Na Sie haben mehrere Abos abgeschlossen, die müssen Sie kündigen und ich sperre sie dann?" Tsuden blickte verständnislos. "Ich hab keine Abos!". "Doch haben Sie. Exakt sieben." Sie musste an Katja denken, die schon mehrfach auf ihrem Smartphone rumgedaddelt hatte. Es würde alles kostenlos sein, hatte sie ihr versichert. Von wegen! "Und mein Geld bekomm ich nich zurück?" Ein letzter zaghafter Versuch, das Kerlchen doch noch zu einem Zugeständnis zu bewegen. Dabei hatte sie nicht übel Lust, dem Typen eine in sein dummes Gesicht zu hauen. "Nein. Sie müssen kündigen...Moment...ja, zum 31. Juli. Und inzwischen sperre ich alles." Beim Hören des Datums verschlug es Tsuden die Sprache. Das waren noch drei Monate. "Ich soll noch drei Monate bezahlen?" "So sind die AGBs." Das Bürschchen ließ sich nicht beirren. "Außerdem haben Sie Glück, wir haben bereits mehrere Kunden, die diesem Monat zu viel bezahlt haben." Das war offenbar sein Standardsatz. "Du Spinner." fauchte sie, schlug mit ihrer flachen Hand so hart auf den Tresen, dass ein paar Werbeständer runterfielen und ging, fluchend auf Katja, das Kerlchen und sich selbst. Vor dem Einkaufszentrum wäre sie fast von einem Bäckereiauto überfahren worden. Der Fahrer, ein etwas aufgedunsener Fünfziger, dessen Gesicht großflächig von einer überdimensionalen Sonnenbrille verdeckt wurde, fuchtelte wild mit den Armen. "Idiot!" Tsuden trat gegen den Vorderreifen. "Du hast mer gerade noch gefehlt!"

Die Stadt XXVII

Nachhaltigkeit gilt in der Stadt zumeist als Fremdwort. Zwar wurden zur großen Gartenschau vor einigen Jahren etliche Millionen verbaut, dennoch hat es die Stadt nicht vermocht, den Besucherstrom damals zu nutzen, um einfach mal etwas Werbung für sich zu machen. Und so war es nur ein touristisches Strohfeuer, als in einem Sommer fast anderthalb Millionen Menschen in die Stadt kamen. Nebenbei bemerkt wurden die Besucherströme so gelenkt, dass auch ja kein Tourist sich in die Innenstadt verirrte, Stadtführungen bot die Stadt erst an als es schon fast zu spät war. Die Händler in der Fußgängerpassage sahen ihre Hoffnung nach größeren Umsätzen enttäuscht. Da nimmt es nicht wunder, dass nach dem großen Ereignis die Stadt wieder in die Lethargie des Alltags verfiel und so mancher Bürger fragte sich, ob dies alles des Aufwandes wert war. Übrigens, im damals neu gestalteten Stadion verlieren sich seitdem aller paar Wochen ein paar Dutzend Fußballfans zum Spiel einer fünftklassigen Amateurtruppe, deren sportliche Perspektive eher auf Klassenerhalt als auf Aufstieg gerichtet ist. Auch bei den Kickern ist wie überall in der Stadt ein eklatanter Widerspruch zwischen Anspruch und Wirklichkeit zu spüren.

Dabei gab es in längst vergangener Zeit viele erfolgreiche Sportler in der Stadt. Sogar Olympiasieger und Weltmeister trainierten und wohnten hier. Lang, lang ist`s her.

Episode 28 - Besäufnis

Horst schwante nichts Gutes, als er nachmittags von der Arbeit kommend lautes Geschrei aus seinem Wohnzimmerfenster vernahm. Der Tag war eh zum Vergessen. Auf seiner letzten Tour hätte er beinahe die fette Kuh aus dem Pflegeheim überfahren. Was hatte der liebe Gott mit ihm vor, dass er ihr ständig begegnete?

Hastig stürmte er die Treppen hinauf. In seiner Wohnung hatte sich eine illustre Gesellschaft versammelt. "Sau ey, Horst. Kommst`n her." Peters Sprache klang schon ziemlich verwaschen. Er lehnte in Horsts Fernsehsessel und tätschelte einen großen schwarzen Hund, der es sich zu seinen Füßen bequem gemacht hatte. Auf der Couch saßen, oder besser hingen, zwei ältere Typen, Ende fünfzig vielleicht. Sie trugen abgewetzte Jeans und abgelaufene Halbschuhe. Einer von ihnen hatte einen großen hellen Fleck auf seinem grauen T-Shirt. Mit gelblichen Augen musterten sie Horst. "Das sinn Dieter und Frank." lallte Peter. "Mir trinken grad auf Dei Wohl." Erschrocken stellte Horst fest, dass sich auf dem Stubentisch seine sämtlichen Alkoholvorräte stapelten. Mehrere Bierflaschen und eine große Flasche Mokkalikör, das Geschenk einer älteren Dame, der er vor ein paar Tagen beim Umzug geholfen hatte, waren bereits leer. Der Aschebecher konnte die Menge der Zigarettenstummel nicht mehr fassen und einige Brandlöcher in Horsts Teppich zeigten, dass die Trinkgemeinschaft dazu übergegangen war, ihre Kippen auf dem Boden auszudrücken. "Das kann ja nich wahr sein." Horsts Stimme überschlug sich. "Ihr räumt jetzt auf und haut ab!" "Nu hab Dich ma nich so. Setz Dich un sauf eenen mit." Kaum hatte Peter den Satz vollendet, erbrach sich einer der beiden Sofasitzer im Schwall auf Horsts Palme neben dem Fenster, begleitet vom lautstarken Gebell des Hundes. "Sau ey, macht euch raus hier." Horst packte den Typen, der sich gerade in seine Zimmerpflanze erleichtert hatte und schleppte ihn zur Tür. Peter wollte einschreiten, sein hoher Alkoholpegel und der Fernsehschrank hinderten ihn jedoch daran. Er schlug der Länge nach auf den durchlöcherten Teppich. Zu allem Unglück war nun auch Frau Lurz, die Nachbarin der lautstarken Unterhaltung überdrüssig und begehrte an der Wohnungstür klingelnd Einlass. Der zweite Trinker erhob sich derweil taumelnd und stolperte ins Bad. Horst öffnete die Tür, schob die schimpfende Frau Lurz beiseite und entledigte sich seines ungebetenen Gastes vor der Haustür. Der Hund trottete jaulend hinterher. Zurück in der Stube wurde er gewahr, wie Peter sich den Kopf hielt, wobei seine Finger, den ständigen größer werdenden Blutfleck auf seinem Schopf nur unvollständig zu verdecken vermochten. Er war bei seinem Sturz auf die Tischkante aufgeschlagen. "Sau ey, hilf mer ma hoch." Peter stützte sich schwer auf Horsts Arm, während dieser überlegte, wo er so etwas wie Verbandszeug hatte. Draußen hörte er Frau Lurz rufen "So eine Sauerei. Ich mach das nich mehr mit. Ich hol die Polizei!" Horst ließ Peter in den Sessel zurückgleiten und stürzte zur Tür. "Frau Lurz, nu mach´n se mal halblang. Ich bring das gleich in Ordnung." Offenbar trug Horsts hilfloser Anblick einigermaßen zur Beruhigung der alten Frau bei. Sie warf ihm noch einen böse-mahnenden Blick zu und verschwand hinter ihrer Tür.

Inzwischen war im Bad etwas mit lautem Knall heruntergefallen. Horst lugte durch die Tür. Dieter, oder vielleicht war es auch Frank, hatte bei dem Versuch das Handtuch zu erhaschen den gesamten eisernen Handtuchständer umgeworfen, wobei gleich noch der kleine Handspiegel zu Bruch ging. "Mach Dich raus hier!" hörte Horst sich sagen. Dieter, oder auch Frank, glotze ihn an und torkelte leise rülpsend zur Tür. Nur mit Mühe konnte Horst ihn von einem erneuten Sturz abhalten. Froh, schließlich auch dieses ungebetenen Gastes ledig zu sein, vernahm er Peters Stöhnen. Das Blut aus dessen Kopfwunde hatte mittlerweile einen mittelgroßen Fleck auf dem Sessel verursacht. Peter war kreidebleich. "Mir is schlecht." Horst holte ein sauberes Handtuch und presste es Peter auf seinen blutenden Schädel. "Du machst aber auch nen Scheiß!"

Seine Worte verhallten ungehört. Peter war ohnmächtig.

"Na das wurde aber höchste Zeit." Der Notarzt ließ seinen Blick durchs Wohnzimmer gleiten, während die Sanitäter Peter auf die Trage schnallten und für den Abtransport vorbereiteten. "Ich kann nichts dafür, bin grade nach Hause gekommen." Horst schlug die Augen nieder. Er schämte sich. Wenige Minuten später war er allein in dem Chaos, was vor Stunden noch seine einigermaßen aufgeräumte Wohnung gewesen war. Er räumte den Tisch ab, schob die Möbel beiseite und entsorgte den durchgebrannten und vollgekotzten Teppich im Müllcontainer. Nach zwei Stunden herrschte wieder so etwas wie Grundordnung. Nur der Geruch von altem Zigarettenqualm, Alkohol und Erbrochenem erinnerte an das Geschehene. `Sieben Jahre Unglück` dachte Horst, als er die Scherben des hellblau umrandeten Handspiegels im Bad zusammenkehrte. In dem zerborstenen Spiegelglas sah er sein Gesicht, aschfahl und knittrig. Er ging in die Küche und öffnete den Kühlschrank. Zwei Bier und eine halbvolle Flasche Korn, die offenbar von Peters Trinkrunde übersehen wurden, verhießen zumindest einen kleinen Rausch des Vergessens.

Die Stadt XXVIII

Die Wenigen in der Stadt, die noch nicht resigniert haben oder abgehauen sind, tragen wesentlich dazu bei, dass in der Stadt noch nicht alles den Bach runtergegangen ist. Sie bemühen sich im Verein oder bei der Freiwilligen Feuerwehr um so etwas wie Gemeinschaftsleben. Sie trainieren mit den Kindern, helfen Bedürftigen und spenden auch mal Trost. Zwar wird einmal im Jahr, zum "Tag des Ehrenamtes" seitens der Stadtoberen so etwas wie Dankbarkeit bezeugt, wirkliche Unterstützung erfahren die Ehrenamtlichen dennoch fast keine.

So bleibt es dem Engagement Einzelner überlassen, dass neue Fußballbälle angeschafft werden können oder eine alte Turnhalle noch betretbar ist. Peinliche Dimensionen nimmt es im kulturellen Bereich an. Eine Stadt, deren größtes Kulturereignis in einem musikalisch untermalten Gelage im Freien besteht und die gleichzeitig ihre Kulturlandschaft untergehen lässt, beweist nicht nur Unfähigkeit, sondern handelt einfach nur verantwortungslos.

Episode 29 - Erinnerung

Tsuden war müde. Die ständig wechselnden Schichten, die Akkordarbeit und der permanente Zeitdruck hatten sie zermürbt. Dachte sie dann noch an die karge Bezahlung, stieg ohnmächtige Wut in ihr auf. Einerseits war sie froh, Arbeit zu haben, andererseits war da diese vernichtende Eintönigkeit. Zum Weggehen hatte sie weder Lust noch Kraft. Und wohin sollte sie auch? Ihre dicke Freundin Mandy hatte bereits mehrfach vergeblich versucht, sie zu einem Kaltgetränk in einer der wenigen Kneipen in der Stadt zu überreden, die überhaupt noch offen hatten. Von Dagmar, ihrer ehemaligen Kollegin, hatte sie lange nichts mehr gehört. Ihre Cousine Kerstin aus Darmstadt hatte offenbar einen Nachfolger für Roy gefunden. Oder auch nicht. Tsuden war es leid, sich die ständige gleichen Jammergeschichten von stressigen Beziehungen, Trennungen und Geldmangel anzuhören. So unternahm sie momentan keine Anstrengungen, die Kontakte zu ihren Freundinnen wieder aufzufrischen. Manchmal, wenn sie an Hardys Eck vorbeilief, überkam sie so etwas wie Heimweh. Und sie ertappte sich bei dem Gedanken, dass es doch damals gar nicht so übel war. Mit Atze und Robert. Wo trinken wohl die beiden jetzt ihr Bier?

Sie zog ihre neue Jeanshose an, welche gut zu ihrer blassblauen Bluse passte, warf sich ihre schweinchenrosa Jacke über und betrat die fast menschenleere Straße. Es war Mittag. In zehn Stunden würde sie wieder durch die Flure des Pflegeheims hetzen. Trotz des fortgeschrittenen Jahres warf die Sonne wärmende Strahlen auf die Wiesen am Fluss, ganz so als wolle sie sich gegen die nasse Kälte des Herbstes auflehnen. Tsuden ließ sich treiben. Vorbei an ein paar missmutigen Rentnern, vorbei an jungen Kerlen, die hinter ihrem Rücken lachten und in einer unverständlichen Sprache redeten und vorbei an den besprühten Mauern, die die friedlichen alten Villen umsäumten. Unter den Bänken vor dem Haus des berühmten Malers hatten sich Kleinbiotope aus Löwenzahn und Disteln gebildet. Der Papierkorb quoll über und auf dem

Pflaster spiegelte sich das Sonnenlicht in Hunderten von Scherben. Tsuden registrierte, dass die alten dicken Bäume am Berg gefällt wurden. Damals, als Kind, war der Berg ein beliebter Ausflugsort gewesen. Es gab laute Blasmusik und Fassbrause. Damals.
"Hey, Tsudi" Eine bekannte, etwas schrille Frauenstimme riss sie aus ihren Erinnerungen. Ihre Augen blickten in Richtung der Rufenden. "Bärbel?" "Hey Tsudi, machst`n Du hier?" Bärbel kam aus dem Malerhaus geradewegs auf sie zu. Sie hatte gemeinsam mit Tsuden die Schulbank gedrückt. Damals, als die Schulklassen noch viele Kinder umfassten, mittwochs lustige Pioniernachmittage stattfanden und Respekt vor den Lehrern noch Gemeingut war. "Warum hast´n Dich nich ma gemeldet?" Ohne eine Antwort abzuwarten schlang Bärbel ihre Arme um Tsudens Hals und drückte ihr schmatzend einen Kuss auf die Wange. "Hallo Bärbel." stotterte Tsuden als sie sich aus der Umklammerung befreit hatte. "Ich bin doch nach der Wende inn Westen. Hatte viel zu tun...un jetzt Schichtarbeit. Weeßt ja." Bärbel nickte verständnisvoll. Sie trug eine etwas enge dunkelblaue Hose und eine weiße Bluse, auf deren Ärmel das Wappen der Stadt prangte. "Ich arbeite jetze bei der Stadt." Als hätte Bärbel Tsudens unausgesprochene Frage nach ihrem Äußeren erfasst, zeigte sie auf das Haus des Malers. "Aufsichtsdienst! Vorher war ich bei der Zeitarbeit, die ham mich vermittelt." Bärbel sah gut aus, etwas füllig aber gut proportioniert. Früher war sie furchtbar dürr, trug gestrickte Schlaghosen und brachte von zu Hause immer selbstgebackene Kekse mit. Sie spielte lieber mit Jungs Fußball, räuberte mit ihnen im Wald und sah immer dementsprechend schmutzig aus. Jetzt nahm sich Bärbel nahezu damenhaft aus, ja Tsuden glaubte sogar so etwas wie Make up in ihrem Gesicht zu bemerken. Bärbel war ob ihrer Begegnung sichtlich erfreut. "Wie lange ham mir uns nich gesehen, dreißig Jahre? Geht`s `n Dir?" Tsuden gab über ihren neuen Lebensabschnitt Auskunft. "Is wohl stressig?" Bärbels Frage klang ehrlich. "Na, geht so. Schichten und ne bescheuerte Chefin. Und die alten Leute sin fast alle rum. So will ich ma nich enden." "Um Gottes

Willen. Bei mir ist alles gut. Mein Mann und ich haben Arbeit und die Kinder mach´n ihr Ding." "Wie viel Kinder haste?" "Zwei Mädchen, sin schon aus´m Haus. Arbeiten im Westen." Es klang nach Familienglück. Tsuden fühlte sich bei derartigen Gesprächen irgendwie nicht wohl. Vielleicht war es deswegen, weil damit ihr eigenes Schicksal ihr immer kontrastreich vor Augen geführt wurde. Sie fühlte sich dann stets als Versagerin. "Tsudi, ich muss wieder rein. Hier is meine Handy-Nummer. Bärbel kritzelte mit ihrer kindlichen Schrift die Zahlen auf einen gelben Klebezettel, den sie aus ihrer Brusttasche fischte. "Bis bald!" Noch ein schmatzender Kuss auf Tsudens Wange und fort war sie. Tsuden blickte versonnen auf das gelbe Papier. Sie würde nicht anrufen. Nicht so bald.

Die Stadt XXIX

Aller paar Jahre wird gewählt. An den Straßenlaternen hängen dann die Konterfeis mehr oder weniger ansehnlicher Menschen, die sich berufen fühlen, die Geschicke der Stadt leiten zu wollen. Losungen wie "Gemeinsam gestalten", "Geld für KiTas" oder auch "Verantwortung für die Bürger" sollen dem Betrachter die Aussicht auf eine bessere Zukunft suggerieren. Die Erfahrungen der letzten Jahre haben jedoch gelehrt, dass es nach jeder Wahl meist noch ärger wurde. So ist es auch nicht verwunderlich, dass immer mehr Bürger resignieren in dem Bewusstsein, eh nichts ändern zu können. Die Stadt wird weiter dahin taumeln zwischen großen Versprechungen und kleinen Taten. Geprägt von Altenheimen und Beschäftigungslosigkeit. Und dem Satz, der zum Kennzeichen der Stadt geworden ist: "Das geht nicht!"

Episode XXX - Wiederkehr

"Tja Horst." Der Bäckereichef strich nervös über seinen weißen Kittel. "Du weeßt ja, mir sin gekauft wordn. Von so ner Kette." Horst wusste es bereits. Es war unter seinen Kollegen das beherrschende Thema der letzten Tage gewesen. "Und, äh...na Du weeßt ja, wie das is. Die brauchn nich so viele Leute..." Das Gesicht des Chefs, in tiefe Falten gelegt, sprach Bände. Horst straffte sich, sah in die müden Augen seines Arbeitgebers und sagte mit ungewohnt fester Stimme "Ich werd` entlassen." "Es tut mer wirklich leid, ich hab mit dem neuen Geschäftsführer gesprochn. Er will aber nur sieben Leute übernehmn." "Sieben?" entfuhr es Horst. Die Bäckerei beschäftigte bisher zehn Leute. Er war wieder mal durchs Sieb gefallen. "Willste `n Glas Wasser?" Der Chef blickte besorgt auf Horst herunter, der wie ein Häufchen Elend im Stuhl kauerte. "Nee, is schon gut." Horst stand auf. Lautlos glitt die schwere Glastür hinter ihm ins Schloss.

Die Zigarette schmeckte fad. Er lehnte an der Hauswand und blies den blauen Rauch in die kalte Herbstluft. In drei Wochen würde er wieder arbeitslos sein. Gerade jetzt, wo es besser lief in seinem Leben. Die seit langem vermisste Regelmäßigkeit in seinem Alltag und das Gefühl der Nützlichkeit empfand er als wohltuend. Sogar seine Nachbarin Frau Lurz war ihm wieder wohler gesonnen, was sicher nicht nur an dem kleinen Blumenstrauß lag, den er ihr nach den Eskapaden seines Freundes Peter geschenkt hatte. Dieser war übrigens nicht wieder aufgetaucht. Seine Habseligkeiten, verstaut in einem alten karierten Koffer, harrten seit Wochen einer Abholung.

Unmittelbar nach der Frühschicht stellte Horst wie gewohnt seinen Transporter in der Straße vor seiner Wohnung ab. Traurig blickte er auf den schon etwas verblichenen Schriftzug seines bisherigen Arbeitgebers. Seine Zunge klebte ihm am Gaumen fest, weniger aus Durst, mehr als Tribut an die Aufregung der letzten Stunden. Horst musste plötzlich an die Raten für seinen neuen

Fernseher denken. Nahm das denn nie ein Ende mit den Schulden? Er beschloss, einen Spaziergang zu machen, um seine Gedanken zu ordnen. Vorbei an den Auslagen der Geschäfte, entlang der Straßenbahn bis hin zum Fluss. Aus einer kleinen Kneipe drangen trotz der frühnachmittäglichen Stunde laute Männerstimmen und Musik. Nur kurz hielt Horst inne, dann trat er durch die halbgeöffnete Tür.

Tsuden schaute auf die Kirchturmuhr. In ein paar Stunden begann ihr Nachtdienst. Bis dahin wollte sie die Zeit sinnvoll verbringen. Sie schlenderte durch die Innenstadt und gönnte sich einen Cappuccino im kleinen Café in der Fußgängerzone. Die überschaubare Gästeschar bestand vorwiegend aus ockerfarben gekleideten alten Menschen mit wahlweise weißen oder gefärbten Haaren. Nur hinten in der Ecke hatte sich Jungvolk in der zeittypischen Art und Weise versammelt. Sie hatten sich offenbar nicht viel zu sagen, dafür wurde die Motorik ihrer Hände durch ununterbrochene Bedienung des Handys geschult. Tsuden musste an die Zeit denken, als es noch keine Mobiltelefone gab, ja nicht mal jeder Haushalt einen Telefonanschluss hatte. Wenn man sich damals verabredete, bedurfte es nur einer einzigen Absprache. Und die war verbindlich, ohne nachträgliche Korrekturen oder Verschiebungen per SMS oder WhatsApp. Dachte sie an ihre Kindheit, so hatte sie gute Erinnerungen. Trotz Plattenbau und Pionierhalstuch. Immer, wenn sie an ihren Spielplatz dachte, der vor dem Block lag, wo sie wohnte, hörte sie das vertraute Quietschen der Schaukel. So wohl und geborgen wie in Kindertagen hatte sie sich lange nicht gefühlt. Den Spielplatz gab es schon lange nicht mehr. Ein grauer Supermarkt mit grellgelben Fenstern hatte seinen Platz eingenommen.

Als sie an einem riesigen Plakat eines Telefonanbieters vorbeikam, der eine Flatrate für neunneunundneunzig versprach, musste sie sauer lächeln. Drei Monate und etliche Schreiben hatte es gebraucht, um ihr neues Smartphone vor den "Drittanbietern" zu schützen. In einem Land, wo jede Gurke genormt ist und man ungestraft keine Zigarette in einem öffentlichen Gebäude rauchen darf, können die Mobilfunknerds selbst Kinder und ahnungslose Alte ungestraft abzocken.

Tsuden ging die holprige Straße entlang vorbei an zerzausten Dahlien und Kastanien, die bereits ihr Blattwerk abgeworfen hatten. Um die Ecke biegend hörte sie Musik. Durch eine halbgeöffnete Tür, die eine wenig ansehnliche Hausfassade durchbrach, konnte sie mehrere Männer erkennen, die, sah sie in ihre Gesichter, wohl schon einige Stunden dem Alkohol zusprachen. Sie sah etwas Buntes auf dem Gehweg. Sie bückte sich und bückte sich. Und kaum wollte sie sich wieder aufrichten, kam etwas Schweres auf ihr zu liegen, was nach Zigarette und Bier roch. "Sau ey!"...

Nachwort

Wie wird es weitergehen in der Stadt? Die Menschen lassen sich nicht so einfach austauschen. Sicher, die Alten werden wegsterben. Aber ob die, die nachrücken von anderem Geist sind, darf getrost bezweifelt werden. Schließlich sind die meisten von ihnen in der Atmosphäre der Eintönigkeit und Mittelmäßigkeit groß geworden und haben sich daran gewöhnt. Eingenistet in eigener Bequemlichkeit.

Es gebricht an klugen Ideen und fokussiertem Handeln. Und es gebricht an der Wahrheit. Schönreden lassen sich die Zustände in der Stadt ohnehin nicht mehr, auch wenn die Verantwortlichen nicht müde werden, dies zu tun.

Wie wird es mit Horst und Tsuden weitergehen? Bestand der Sinn ihres Lebens tatsächlich aus Jobsuche, Alkoholexzessen und Lethargie auf der einen, Perspektivlosigkeit, Mindestlohn und Einsamkeit auf der anderen Seite? Wo war ihr Platz in einer Gesellschaft der Gierigen und Hetzenden?

Fortsetzung folgt!

Danksagung

Mein Dank gilt meiner Familie für ihre Geduld und dem Sponsor für sein Engagement.

HYPERmed GmbH
Medizinische Begutachtung
Innovative Therapiekonzepte
Gera - Gries 9

ICH BIN JA SO VERSCHLEIMT!
Ein Volk geht zum Arzt

von

Dr. René Keßler

Eine kritische Betrachtung des deutschen Gesundheitswesens.
Erhältlich im gut sortierten Buchhandel und bei Amazon.de.
ISBN-10: 3740713887
ISBN-13: 978-3740713881